हिन्द पॉकेट बुक्स

उठो, जागो!

लक्ष्य की प्राप्ति तक रुको नहीं!

जयंती जैन उदयपुर के पास एक छोटे से गाँव शक्तावतों का गुडा में पैदा हुए। इन्होंने जवाहर लाल नेहरू विश्वविद्यालय, नई दिल्ली में अध्ययन किया। विद्यार्थी जीवन से ही स्वतंत्र रूप से लेखन कार्य करते रहे हैं। राष्ट्रीय स्तर की पत्र-पत्रिकाओं में अनेक लेख प्रकाशित हो चुके हैं। इस विधा में लिखी गई पुस्तकों में उनकी कृति *उठो, जागो! लक्ष्य की प्राप्ति तक रुको नहीं!* अपना विशिष्ट स्थान निरंतर बनाती जा रही है।

आजकल वे विभिन्न शैक्षणिक एवं सामाजिक संस्थाओं द्वारा आयोजित सेमिनार्स के माध्यम से युवकों, अधिकारियों व उद्यमियों को प्रोत्साहित कर उनके जीवन में बदलाव लाने में प्रयत्नशील हैं।

उठो, जागो!

लक्ष्य की प्राप्ति तक रुको नहीं!

जयन्ती जैन

हिन्द पॉकेट बुक्स
पेंगुइन रैंडम हाउस इम्प्रिंट

हिन्द पॉकेट बुक्स

यूएसए। कनाडा। यूके। आयरलैंड। ऑस्ट्रेलिया। सिंगापुर
न्यू ज़ीलैंड। भारत। दक्षिण अफ्रीका। चीन

हिन्द पॉकेट बुक्स, पेंगुइन रैंडम हाउस ग्रुप ऑफ़ कम्पनीज़ का हिस्सा है,
जिसका पता global.penguinrandomhouse.com पर मिलेगा

पेंगुइन रैंडम हाउस इंडिया प्रा. लि.,
चौथी मंजिल, कैपिटल टावर -1, एम जी रोड,
गुड़गांव 122 002, हरियाणा, भारत

पेंगुइन
रैंडम हाउस
इंडिया

प्रथम संस्करण हिन्द पॉकेट बुक्स द्वारा 2007 में प्रकाशित
यह संस्करण हिन्द पॉकेट बुक्स में पेंगुइन रैंडम हाउस द्वारा 2022 में प्रकाशित

10 9 8 7 6 5 4 3 2

इस पुस्तक में व्यक्त विचार लेखक के अपने हैं, जिनका यथासंभव तथ्यात्मक सत्यापन किया गया है, और इस संबंध में प्रकाशक एवं सहयोगी प्रकाशक किसी भी रूप में उत्तरदायी नहीं हैं।

ISBN 9789353494582

मुद्रकः रेप्रो इंडिया लिमिटेड

www.penguin.co.in

FSC www.fsc.org
MIX
Paper from responsible sources
FSC® C047271

This is a legitimate digitally printed version of the book and therefore might not have certain extra finishing on the cover.

जो कुछ तुम हो, वह तुम्हारी प्रबल इच्छा है।
जैसी तुम्हारी इच्छा है, वैसा ही तुम्हारा संकल्प है।
जैसा तुम्हारा संकल्प है, वैसा ही तुम्हारा कर्म है।
जैसा तुम्हारा कर्म है, वैसा ही तुम्हारा भाग्य है।

– वृहदारण्यक उपनिषद्

क्रम

दूसरा खंड : लक्ष्य तय करना

तीसरा खंड : आत्म-गौरव

चौथा खंड : स्व-प्रबन्धन

पांचवां खंड : कुशलता

छठा खंड : सम्बन्ध

सातवां खंड : खुद को जांचें-परखें

आपके लिए

यह पुस्तक व्यक्तित्व-विकास एवं अपनी उन्नति से सम्बन्धित है। कोई भी आपकी समस्याओं के बारे में आपसे अधिक नहीं जानता, क्योंकि अपनी उन्नति में मदद करना सबसे बड़ी मदद है। समस्याएं जीवन में आती रहती हैं और हमें ही उनका समाधान खोजना पड़ता है।

एक सफल और असफल व्यक्ति में क्या अन्तर है? उनमें सिर्फ़ एक अन्तर होता है। सफल व्यक्ति जाने-अनजाने सफलता प्राप्ति के कुछ उपाय अपनाता है, जब कि असफल व्यक्ति उनका इस्तेमाल नहीं करता। प्रत्येक व्यक्ति में सफलता प्राप्ति की भारी शक्ति एवं निरंतर क्षमता मौजूद होती है।

एक असफल व्यक्ति अपने भीतर छिपी निरंतर क्षमताओं, असीमित शक्तियों एवं योग्यताओं से परिचित नहीं होता। मनुष्य ऊर्जा का भंडार है। वह ऊर्जा के गट्ठर के अलावा कुछ नहीं है। जैसा कि आज के

शोध बताते हैं कि एक औसत व्यक्ति अपनी क्षमता का सिर्फ़ पांच से आठ प्रतिशत ही इस्तेमाल करता है।

यहां तक कहा जाता है कि विवेकानन्द एवं आइंस्टाइन जैसे विद्वान भी अपनी क्षमता का दस प्रतिशत भाग ही इस्तेमाल कर सके।

आपमें भी असीम शक्ति एवं क्षमता मौजूद है। प्रश्न यह है कि आप अपने भीतर सोई हुई शक्ति, क्षमता एवं स्रोतों का सफलता प्राप्ति के लिए इस्तेमाल कैसे करें?

इस पुस्तक की ज़रूरत क्यों?

जीवन-भर हम सफलता के लिए उत्सुक रहते हैं,
परन्तु कुछ जाने-अनजाने कारणों से हम थोड़ी ही
सफलता प्राप्त कर पाते हैं।
ऐसा ही एक कारण है 'नासमझी'।

दो ग़रीब लड़के थे, जो भीख मांगा करते थे। उनमें से एक जन्म से अन्धा था।

एक दिन अन्धा लड़का बीमार हो गया। उसके साथी ने कहा, "यहीं ठहरो और आराम करो। मैं जाकर अपन दोनों के लिए कुछ मांगकर लाता हूं।"

उस दिन उस लड़के को भीख में बहुत स्वादिष्ट खीर भीख में मिली, परन्तु उसके पास लाने के लिए कोई बर्तन न था, इसलिए उसने वहीं सारी खीर खा ली।

लौटकर उसने अपने अन्धे साथी से कहा, "मुझे माफ़ करना भाई! आज मुझे भीख में खीर मिली थी, परन्तु मैं उसे तुम्हारे लिए न ला सका, क्योंकि उसे लाने के लिए मेरे पास कोई बर्तन नहीं था।"

अन्धे लड़के ने पूछा, "यह खीर क्या होती है?"

"अरे, यह सफ़ेद होती है, दूध सफ़ेद होता है।"

अन्धा लड़का समझ नहीं सका। उसने पूछा, "यह सफ़ेद क्या होता है?"

"तुम नहीं जानते, सफ़ेद क्या होता है?"

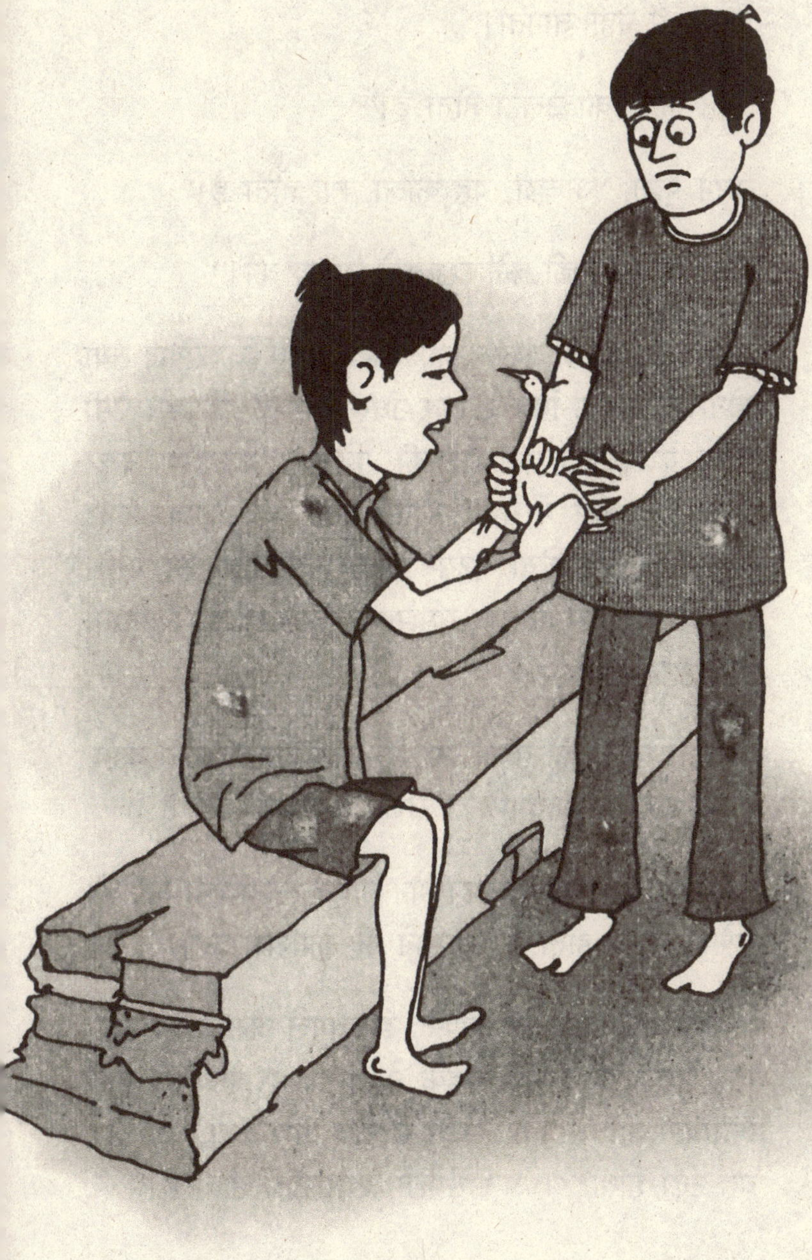

"नहीं, मैं नहीं जानता।"

"यह काले का उलटा होता है।"

उसने पूछा, "अच्छा, यह काला क्या होता है।"

"अरे, समझने की कोशिश करो, सफ़ेद को।"

अन्धा लड़का बिल्कुल नहीं समझ पाया कि सफ़ेद क्या होता है। उसके मित्र ने इधर-उधर नजर दौड़ाई और ऐसी चीज ढूंढने की कोशिश की, जिसका उदाहरण देकर 'सफ़ेद' के बारे में समझा सके। इतने में उसे एक सफ़ेद बगुला दिखाई दिया। उसने बगुले को पकड़कर अन्धे मित्र के हाथों में देते हुए समझाया कि सफ़ेद इस चिड़िया जैसा होता है।

अन्धे ने बगुले को छुआ, उस पर हाथ फिराया और कहा, "अरे, यह तो मुलायम है। सफ़ेद मुलायम होता है।"

"नहीं-नहीं, इसका मुलायम होने से कुछ लेना-देना नहीं है। सफ़ेद, सफ़ेद होता है। समझने की कोशिश करो।"

"परन्तु तुमने कहा कि 'सफ़ेद' इस बगुले जैसा होता है।" यह कहते हुए अन्धे लड़के ने बगुले पर फिर से हाथ फिराया। आगे से पीछे, ऊपर से नीचे और कहा, "अच्छा, यह टेढ़ा होता है। अब समझा, खीर टेढ़ी होती है।"

अन्धा लड़का तब भी समझ नहीं पाया कि 'सफ़ेद' क्या होता है? क्योंकि उसे यह समझने, जानने के लिए जिन नज़रों की जरूरत थी, वह उसके पास नहीं थीं। अन्धे लड़के की तरह हम कई बार जीवन को सही रूप से समझ नहीं पाते, जब कि हम हमेशा सफलता प्राप्ति के लिए कोशिश करते रहते हैं।

सच्चाइयों पर आधारित हमारी समझ का एक स्तर होता है। समस्या वहां खड़ी होती है, जब हम सोचते हैं कि हम सही हैं, जब कि कई बार ऐसा होता नहीं है। ऐसी स्थिति में हम सोचते हैं – कड़ी मेहनत करने पर भी हमें सफलता नहीं मिल रही है। हम लक्ष्य प्राप्ति के लिए क्या करें?

प्रो. स्टीफ़न हॉकिंग जगत-प्रसिद्ध भौतिकविद, कैम्ब्रिज विश्वविद्यालय में गणित के प्रोफ़ेसर एवं आइंस्टाइन के बाद के सबसे बड़े ब्रह्मांड के विद्वान माने जाते हैं।

उनकी उम्र छप्पन वर्ष है। उन्हें मोटरन्यूरोन नामक बीमारी है। यह बीमारी धीरे-धीरे शरीर के सभी अंगों को कमज़ोर और अपंग कर देती है। पिछले 28 सालों से वे व्हीलचेयर में क़ैद हैं। शरीर के बाहरी अंगों में केवल आंखें, कान एवं बाएं हाथ की अंगुलियां ही काम करती हैं।

शारीरिक रूप से अपाहिज होने के बावजूद हॉकिंग अपने काम के प्रति पूरी तरह समर्पित हैं। उनका ब्रह्मांड-विज्ञान पर काम आइंस्टाइन के स्तर का है। उन्होंने सापेक्षता के सिद्धान्त पर भी काम किया है।

हॉकिंग ने क्वांटम भौतिकी एवं थर्मोडायनेमिक्स के सिद्धान्त को ब्लैक होल्स पर लागू किया एवं आश्चर्यजनक नतीजे निकाले। यहां तक सम्भावना बताई कि ब्लैक होल्स से विकिरण होता है, जिसे हॉकिंग विकिरण के नाम से जाना जाता है।

अपनी बोलने की ताक़त खोने के तीन साल बाद सन् 1988 में हॉकिंग ने 'ए ब्रीफ़ हिस्ट्री ऑफ़ टाइम' किताब की रचना की।

अमेरिकी अख़बार 'शिकागो सन टाइम्स' ने एक बार लिखा था कि गैलिलियो, न्यूटन एवं आइंस्टाइन की प्रतिभाएं हॉकिंग में विद्यमान हैं।

आप अभी अपने से पूछें : यदि इतनी शारीरिक अपाहिजी के बावजूद हॉकिंग इतना कुछ प्राप्त कर सकते हैं, तो मैं अपनी वर्तमान समस्याओं का समाधान करने और अधिक सफलता पाने के लिए अभी क्या कर सकता हूं?

विल्मा रुडोल्फ़ एक अमेरिकी महिला धावक है, जिसका जन्म एक ग़रीब परिवार में हुआ। चार साल की उम्र में वह लकवे की बीमारी की शिकार हो गई। इस कारण वह ढंग से चल नहीं सकती थी। उसे कैलिपर्स पहनने पड़ते थे। अतः डॉक्टर ने कहा था कि तुम कभी भी अपना पांव सीधे ज़मीन पर नहीं रख पाओगी।

परन्तु उसकी मम्मा ने उसे उत्साहित करते हुए कहा, "तुम जो चाहो, वही प्राप्त कर सकती हो।" विल्मा ने कहा, "मैं दुनिया की सबसे तेज़ धाविका बनना चाहती हूं। मम्मा, क्या मैं कैलिपर्स के बिना नहीं चल सकूंगी?"

मम्मा ने कहा, "क्यों नहीं मेरी बच्ची!"

विल्मा ने पूछा, "लेकिन डॉक्टर ने चलने तक के लिए मना किया है?"

मम्मा ने कहा, "प्रभु की दी गई ताक़त, लगन एवं आत्मविश्वास से सब-कुछ प्राप्त किया जा सकता है।"

नौ साल की उम्र में विल्मा ने कैलिपर्स उतार फेंका और डॉक्टर के कहने के उलटे पहला क़दम रखा। इसके चार साल बाद उसने पहली बार दौड़ में भाग लिया, जब कि डॉक्टरों के अनुसार वह बिना कैलिपर्स चल ही नहीं सकती थी।

दो वर्ष बाद वह टेनेसी स्टेट यूनिवर्सिटी पहुंची। वहां उसने उस समय के प्रसिद्ध कोच ऐड टेम्पल से प्रशिक्षण लिया। 1960 के रोम ओलिम्पिक में उसने सौ मीटर, दो सौ मीटर एवं चार सौ मीटर रिले रेस के तीन स्वर्ण पदक जीते।

एक ग़रीब लड़की, जिसे बचपन में लकवा हो गया था, जो नौ साल की उम्र में ठीक हुई और उसने तीन स्वर्ण पदक जीते।

जब एक लकवा पीड़ित महिला इतना प्राप्त कर सकती है, तो आप अपना लक्ष्य क्यों नहीं पा सकते? आप तो अधिक प्राप्त कर सकते हैं।

यदि वह शारीरिक रूप से अक्षम होते हुए भी इतना कुछ प्राप्त कर सकते हैं, तो फिर हम जीवन में सफलता क्यों नहीं प्राप्त कर सकते? निश्चय ही हम जीवन में इच्छित सफलता प्राप्त कर सकते हैं। यदि सूरदास अन्धे होकर हिन्दी के मशहूर कवि हो सकते हैं, सुधाचन्द्रन (हिन्दी फ़िल्म 'नाचे मयूरी' की हीरोइन) अपनी नक़ली टांग

से भी बढ़िया नृत्य कर सकती है, तो हम क्यों नहीं अपने लक्ष्य को प्राप्त कर सकते?

शारीरिक रूप से कमज़ोर होना एक सच्चाई है। ज़्यादातर असफल व्यक्ति वे हैं, जिनका मानसिक विकास पूरा नहीं होता है। ऐसे लोगों को हम मानसिक रूप से कमज़ोर कह सकते हैं। वे अपनी दिमाग़ी शक्ति और क्षमता का सही दिशा और सही रूप में इस्तेमाल नहीं करते। लक्ष्य से भटके हुए अपनी सफलता के दरवाज़े ख़ुद ही बन्द कर लेते हैं। वे ख़ुद नहीं जानते, वे क्या करना चाहते हैं? जीवन में अहंकार, आलस्य, बुरी आदतें लक्ष्य से भटकने के कारण होती हैं। लोग कुछ ऐसे विश्वास पाल लेते हैं कि 'मैं यह कार्य करने योग्य नहीं हूं,' 'मैं यह नहीं कर पाऊंगा', 'मैं वह नहीं कर पाऊंगा'। ऐसे लोग बहुत अधिक हैं, जो निरुद्देश्य जीवन जी रहे हैं।

मैं सोचता हूं, साधनों की कमी का होना रास्ते की एकमात्र बाधा नहीं हो सकती।

सफलता कुछ गिने-चुने लोगों की बपौती नहीं है। आप भी, कोई भी, बिना धन और खास सम्बन्धों के भी इच्छित सफलता प्राप्त कर सकते हैं। हर व्यक्ति को इच्छित सफलता प्राप्ति का अधिकार है और उसे प्राप्त करने की स्वाभाविक या कुदरती शक्ति भी उसमें होती है। ज़रूरत है अपने भीतर की शक्ति को जगाने और उसको सही दिशा में इस्तेमाल करने की। सफलता की कोई सीमा नहीं होती। इसकी सम्भावनाएं असीमित हैं, अनन्त हैं। जैसे आकाश की कोई सीमा नहीं है। आकाश अनन्त है, असीम है। कोई भी अपने भविष्य

को सफलता के सूत्रों से बदल सकता है। यह आपके ख़ुद के हाथ में है। लक्ष्य तय करना, आत्मविश्वास, कार्यों की प्राथमिकता तय करना एवं समय-प्रबन्धन आदि सफलता प्राप्ति के कुछ ज़रूरी सूत्र हैं। यदि आपने इन सूत्रों का निर्धारण ठीक से कर लिया है, तो आप निश्चित रूप से सफलता प्राप्त कर सकते हैं।

मेरा विचार है कि कोई भगवान आकाश में बैठा हमारे भविष्य को तय नहीं करता। प्रकृति अपने नियमों से काम करती है। अलग-अलग लोग इसे अलग-अलग नामों से पुकारते हैं। कोई इसे 'प्रकृति का नियम' कहता है। कई लोग इसे 'आसमानी ताक़त', 'ब्रह्मांडीय शक्ति', 'ईश्वर की अनुकम्पा', 'अपना-अपमा भाग्य', 'पूर्वजन्मों के कर्म' आदि के रू प में भी कई लोग इसे मानते हैं। मैं इन सबकी गहराई में यहां नहीं जाना चाहता, क्योंकि इससे हमारी समस्या का समाधान नहीं होता।

जैसा कि हम जानते हैं और यह सच भी है कि हम अपने निर्माता ख़ुद हैं। अपना भाग्य हम ख़ुद बनाते हैं। जैसा हम बोएंगे, वैसा ही काटेंगे।

मैंने जीवन में कई असफलताओं और सफलताओं का सामना किया है। मैंने अब तक के अपने जीवन में लगभग दस हज़ार पुस्तकें प्रेरणा, आदतों में सुधार, धर्म, दर्शन, व्यवस्था एवं सफलता के बारे में पढ़ी हैं। मेरे निजी पुस्तकालय में दो हज़ार से अधिक पुस्तकें हैं। इस सम्पूर्ण अध्ययन एवं चिन्तन से मुझमें आज यह आत्मविश्वास जागा है और मैं इतना साधन-सम्पन्न बना हूं कि आपको सफलता प्राप्ति के लिए गाइड कर सकूं। मेरे भीतर कुछ है, जिसने यह पुस्तक लिखने के लिए प्रेरित किया है। जैसे एक गर्भवती महिला का उसके

भीतर विकसित होने वाले बच्चे पर कोई नियन्त्रण नहीं होता, वह अपने-आप होता है, वैसे ही यह पुस्तक मुझे लिखना नहीं पड़ा है, बल्कि ख़ुद-ब-ख़ुद मेरे द्वारा लिखने में आ गई है। प्रकृति अपने नियमों का ख़ुद पीछा करती है।

सफलता चुनाव पर निर्भर करती है,
न कि अवसर पर!

पुस्तक की प्रस्तुति

यह पुस्तक आपको केवल दुनिया में सफलता के बारे में जानकारी देगी। आध्यात्मिक सफलता से इसका कोई लेना-देना नहीं है। यह एक प्रैक्टिकल पुस्तक है, जिसे सिर्फ़ इसलिए लिखा गया है कि इसे पढ़कर आपको सफलता प्राप्ति के लिए कुछ करने की प्रेरणा मिल सके।

इस पुस्तक में किन्हीं सिद्धान्तों का वर्णन भी नहीं है, न ही यह एक दिमाग़ी शब्दजाल है। केवल कुछ उपयोगी धारणाएं सीधे-सरल तरीक़े से और साधारण भाषा में लिखी गई हैं, ताकि आप इनसे ज़्यादा-से-ज़्यादा लाभ उठा सकें। आप अपने दिमाग़ की बेकार की उलझनों को, जो आपको बार-बार बेचैन करती हैं, निकाल बाहर फेंक सकें। यही इस पुस्तक का उद्देश्य है।

मुख्य रूप से नकारात्मक सोच, निरुत्साह, मन को कमज़ोर बनाने वाले विश्वासों, ईर्ष्या, बेवजह वाद-विवाद और बेकार विषयों पर ग़ैर ज़रूरी चर्चाओं से मुक्त करने के नज़रिये से इस पुस्तक को लिखा

गया है। मेरी समझ में नहीं आता कि क्यों हम बेकार ही दूसरों की बातों में, दूसरों के मामलों और उनके नज़रिये के बारे में सोच-सोचकर अपना समय गंवाते हैं? हमारा दिमाग़ कोई कचरे का डिब्बा नहीं है, फिर हम क्यों दूसरों की बेकार की चर्चाओं में लगे रहते हैं?

आप अपने अनुभवों की क्रिया के ख़ुद गवाह बनिए और आप पाएंगे कि इन बेकार की चीज़ों से आराम से मुक्त हो गए हैं। इसीलिए मैं आपको उन प्रैक्टिकल उपायों की जानकारी दे रहा हूं, जिनसे आप इच्छित फल प्राप्त कर सकें।

इस पुस्तक में सात खंड हैं –

पहला खंड : प्रेरणा (Motivation)

दूसरा खंड : लक्ष्य तय करना (Goal-Setting)

तीसरा खंड : आत्म-गौरव (Self-Esteem)

चौथा खंड : स्व-प्रबन्धन (Self Management)

पांचवां खंड : कुशलता (Efficiency)

छठा खंड : सम्बन्ध (Relationship)

सातवां खंड : ख़ुद को जांचें-परखें (Self Assessment)

मैं तुम्हें नहीं समझा पाऊंगा,
क्योंकि सिर्फ़ तुम ख़ुद
अपने-आप को समझा सकते हो!

इस पुस्तक से ज़्यादा लाभ कैसे उठाएं?

इस पुस्तक को उपन्यास की तरह न पढ़ें, क्योंकि यह उपन्यास नहीं है। एक दिन में एक पाठ पढ़ें और उस पर सोचें। इसमें दिए गए तरीक़ों एवं सूत्रों पर अपने मित्रों एवं परिवार में चर्चा करें। ये चर्चाएं आपकी समझ को बढ़ाएंगी। इससे आप में सफलताओं के सूत्रों की गहरी समझ पैदा होगी, जिससे आप दूसरों को भी इसका लाभ दे सकेंगे।

इस पुस्तक को एक 'एक्सरसाइज़ बुक' की तरह काम में लें। जो शब्द, वाक्य या पैराग्राफ़ अच्छा लगे, उस पर लाल पेन से निशान लगा लें।

सबसे पहले वे तरीक़े अपनाएं, जो आप पर सीधे-सीधे लागू होते

हों। ज़्यादा लाभ के लिए सारे तरीक़ों का एक साथ इस्तेमाल न करें। कुछ तरीक़े भी आपको मनचाहे लाभ या परिणाम दे सकते हैं।

शुरू में इस पुस्तक में बताई गई तकनीकों का जस-का-जस पालन करें। बाद में अभ्यास होने पर आप इन तकनीकों में माहिर हो सकते हैं, फिर आप उनमें कुछ बदलाव भी कर सकते हैं।

ये सारी विधियां प्रैक्टिकल और इस्तेमाल की हुई हैं। यदि आपको इन उपायों के इस्तेमाल में कहीं, किसी भी प्रकार की अड़चन अनुभव होती है, तो आप मुझे नीचे लिखे पते पर सम्पर्क कर सकते हैं –

जयन्ती जैन
एफ़-40, सेक्टर-14, हिरण मगरी,
उदयपुर (राजस्थान) 313001
e-mail : jaynti_jain56@yahoo.com
फोन : 0294-2641889 मोबाइल : 9414289437

हो सकता है, सफलता के इन सूत्रों, विधियों, तरीक़ों या उपायों को आप पहले से ही जानते हों, फिर भी आप इनकी शक्ति को कम न समझें। मैं समझता हूं, ये ही वे उपाय हैं, जो आपको सफलता दिला सकते हैं।

आगे बढ़िए, केवल रास्ते की जानकारी मंज़िल तक नहीं पहुंचा देगी। आपको उस रास्ते पर चलना भी होगा। रास्ते पर चलना शुरू करेंगे, आगे बढ़ेंगे, तभी उद्देश्य को प्राप्त कर पाएंगे।

इस पुस्तक को कम-से-कम छः महीने तक अपनी टेबल पर रखिए। बार-बार इसे पढ़िए और सफलता की तकनीकों का इस्तेमाल अपने रोज़मर्रा के जीवन में कीजिए।

आभार

किसी भी काम के सफलता के साथ पूरा होने में कई कारणों व शक्तियों का योगदान होता है। इसी तरह इस पुस्तक को पूरा करने में बहुत-सी शक्तियों एवं व्यक्तियों की सहायता अलग-अलग रूपों में मुझे मिली है। जानकार व्यक्ति थोड़े हैं। इसलिए सबसे पहले अज्ञात शक्तियों व कारणों का, उनकी सहायता के लिए, मैं उनको नमन करता हूं।

इस पुस्तक को लिखने का काम 1997 में शुरू हुआ। 'माइंड पावर रिसर्च इंस्टिट्यूट' के राज बाफना ने मुझे पुस्तक लिखने के लिए प्रेरित किया और सहायता की, जिनका मैं तहेदिल से आभारी हूं। उनके असीम सहयोग के बिना यह पुस्तक इस रूप में नहीं आ सकती थी।

मोहनलाल सुखाड़िया विश्वविद्यालय, उदयपुर के दर्शनशास्त्र विभाग के प्रोफ़ेसर डॉ. एस.आर. व्यास ने लिखने में मेरा निर्देशन किया, उनका

भी आभारी हूं। श्री एस.एल. बोहरा (आर.ए.एस.) जिन्होंने बहुत-सी पुस्तकें देकर मेरी मदद की, मैं उनका आभारी हूं। श्री जी.एस. सन्धू (आई.ए.एस.) एवं डी.आर. मीणा (आर.ए.एस.) ने मुझे प्रश्नों की शक्ति से जानकार कराया, इसलिए मैं इन दोनों का विशेष आभारी हूं।

मैं इन सबका ऋणी हूं, इन्होंने पांडुलिपि पढ़कर पुस्तक को उपयोगी बनाने के लिए मुझे मूल्यवान सुझाव दिए : श्री गोविन्द मिश्र (आई.ए. एस.), श्री ललित कोठारी (आई.ए.एस.), डॉ. जी.एस. सोमावत (पीएच.डी.) लन्दन स्कूल ऑफ़ इकॉनोमिक्स, प्रो. सी.एन. माथुर (मनोविज्ञान विभाग), डॉ. बी.एन. सोनी (सेवानिवृत्त ज़िला शिक्षा अधिकारी), श्रीपाल जैन (हिन्दुस्तान टाइम्स लिमिटेड), श्री हेमन्त चौहान, दिलीप धींग, बी.एल. उदावत, प्रो. के. के. शर्मा, बी.एल. शर्मा एवं के.एन. विजयन (प्राचार्य, सेंट ग्रेगोरियस स्कूल) के प्रति मैं कृतज्ञ हूं। श्री अशोक भंडारी, श्री एच.एल. कुणावत (आर.ए.एस.), प्रो. शरद श्रीवास्तव, श्रीमती भगवती एवं हरिशंकर कुमावत, गोपाल जैन एवं अजब बानू, आर. पी. खन्ना ने मुझे अपने-अपने तरीक़े से सहायता की, इसलिए मैं इनका आभारी हूं। सजी एवं मीनी ने पांडुलिपि तैयार की, इसलिए वे भी धन्यवाद के पात्र हैं।

मैं अपने माता-पिता श्री रतनलाल एवं श्रीमती चुन्नीदेवी, बहन चंचलदेवी एवं चन्द्रकान्ता, भाई श्री हीरालाल, मीठालाल एवं राजेन्द्र और परिवार के समस्त सदस्यों का आभारी हूं, क्योंकि उन्होंने अपने-अपने तरीक़े से मुझे मदद की है।

मैं अपने बेटे अप्पू, बिटिया सर्वज्ञा एवं प्रिय मीना का आभारी हूं कि उन्होंने मुझे मूल्यवान समय दिया एवं लिखने में सहयोग किया।

जीवन और जगत में ऊंचा उठने, तरक़्क़ी पाने के लिए अपने आपको पूरी तरह जगाना होगा। तभी आप अपने लक्ष्य यानी गोल को प्राप्त कर सकते हैं।

विवेकानन्द के निम्न वाक्य के साथ अपनी बात समाप्त करता हूं –

उठो, जागो!

जब तक लक्ष्य सिद्ध न हो, रुको मत।

– जयन्ती जैन

पहला खंड

प्रेरणा

मैं आपको प्रेरित नहीं कर सकता,
केवल आप ही ख़ुद को प्रेरित करते हैं।

1

सफलता प्राप्ति के लिए लगातार प्रेरित रहें

प्रेणा एवं प्रतिभा दोनों एक ही हैं।

– विक्टर ह्यूगो

आप अपना जो मूल्य आंकते हैं,
सफलता उसी का साकार रूप है।

– अलबर्ट हबर्ड

मनुष्य के पास सबसे ख़ास साधन उसका अपना मन है। मनुष्य कुछ भी कर सकता है, यदि वह अपने मन में कुछ करने का फैसला कर ले। हमारे दिमाग़ में असीमित शक्तियां हैं, असीमित सम्भावनाएं हैं। ज़रूरत केवल इस बात की है कि हम उन सोई हुई शक्तियों के भंडार को जगाने का तरीक़ा जानें। इस तरीक़े को जानने की शक्ति केवल प्रेरणा से विकसित होती है।

सफलता प्राप्ति की योग्यता का सीधा सम्बन्ध हमारी जन्मजात क्षमता एवं व्यक्तिगत प्रेरणा से है।

ऐसा कोई भी व्यक्ति, जिसने जीवन के किसी भी क्षेत्र में सफलता प्राप्त की है, निश्चय ही कहीं से या किसी से प्रेरित रहा है। प्रेरणा आदमी के व्यक्तित्व का बदलाव कर देती है। हमारा आज का व्यक्तित्व अब तक प्राप्त की गई प्रेरणाओं का ही नतीजा है। प्रेरणा सफलता प्राप्ति का ख़ास औज़ार है। प्रेरित होने का अर्थ है, ख़ुद को कुछ कर गुज़रने के लिए तैयार करना एवं लगातार इस नज़रिये से ऊर्जावान बने रहना। यदि ख़ुद की प्रेरणा जागेगी नहीं, तो आप कभी भी सफल नहीं हो सकते। आगे बढ़ने की शक्ति प्रेरणा ही है।

आप किसी को प्रेरित नहीं करते हैं। आप केवल इस शक्ति को ख़ुद में खोजने में सहयोग करते हैं।

– गैलिलियो

मैं आपको प्रेरित नहीं कर सकता, केवल आप ही ख़ुद को प्रेरित करते हैं।

व्यक्ति अन्य किसी बात की तुलना में अपनी प्रेरणाओं के लिए सबसे अधिक उत्तरदायी होता है।

– आर्किबाल्ड एलेक्ज़ेंडर

अब मैं यह कहूं कि आप तो पहले से प्रेरित हैं, क्योंकि यह इस बात से साफ़ जाहिर होता है कि आप यह पुस्तक पढ़ रहे हैं, फिर भी आप अपने भीतर की उस ऊर्जा को जगाना चाहते हैं, प्राप्त करना चाहते हैं, जिससे आपका काम बिना रुकावट के चल सके।

यदि आप एक विद्यार्थी हैं और पढ़ना चाहते हैं, लेकिन आपकी रुचि टेलीविज़न देखने, पंखे या कूलर का मज़ा लेने में है, तो यह स्पष्ट है कि आपको अपनी पढ़ने की इच्छा को बढ़ाना पड़ेगा और तब तक के लिए टेलीविज़न को छोड़ना पड़ेगा, पंखे या कूलर को भी ज़रूरत के रूप में लेना होगा, यानी सिर्फ़ पढ़ने की इच्छा को तेज़ करना होगा और अन्य इच्छाओं को दबाना ही पड़ेगा, यानी उद्देश्य की प्राप्ति के रास्ते की रुकावटों को लाख आकर्षणों के बावजूद नष्ट करना ही होगा, ताकि आप अपने लक्ष्य को ठीक से बेध सकें। इसका अर्थ है कि आपको एक ख़ास तरह के विश्वास को पैदा करना होगा, जो आपको भटकने से रोक सके, यही 'प्रेरणा' है।

भोजन की तलाश एवं वंश को बढ़ाना अन्य प्राणियों की तरह मानव का भी क़ुदरती एवं स्वाभाविक गुण है। शरीर का प्रत्येक अंग इन कार्यों के लिए बना है, लेकिन जैसे आंखें लगातार आठ-दस घंटे पढ़ते रहने के लिए नहीं बनी हैं, इसी तरह दिमाग़ का कार्य भी किसी एक बिन्दु पर केन्द्रित होना नहीं है, फिर भी, सफलता प्राप्ति के लिए हमें उसे एक बिन्दु पर केन्द्रित करना पड़ेगा।

सफलता प्राप्ति के लिए हमें दिमाग़ में यह विश्वास बैठाना पड़ता है कि एक बात जो हम करना चाहते हैं, उतनी ही ख़ास है जितना जिंदा रहना, अन्य बातों को हमें छोटा बनाना पड़ता है, उन्हें कम महत्त्व देना पड़ता है। इस बात को यूं समझें कि अपने उद्देश्य के अलावा बाक़ी सारी बातें बेकार हैं। तभी हम अपने उद्देश्य में सफल हो सकते हैं। प्रेरित होने का अर्थ है, कुछ करने की पूरी तैयारी। प्रेरणा का मतलब उस टारगेट के लिए काम करने को तैयार रहना है, जो कि सफलता का रास्ता खोलता है।

मेसलो की मानवीय ज़रूरतों की सीढ़ियां

अब्राहम मेसलो की पुस्तक 'मोटिवेशन एंड पर्सेनैलिटी' में बुनियादी ज़रूरतों की सीढ़ियों का क्रम से वर्णन किया गया है।

जब हमारी भौतिक ज़रूरतें पूरी हो जाती हैं, तो हम सुरक्षा की ओर ध्यान लगाते हैं। जब सुरक्षा की प्राप्ति हो जाती है, तो हमारे मन में सामाजिक ज़रूरतों की इच्छा जगती है। जब ये भी पूरी हो जाती हैं, तो हम अपने अहंकार को मज़बूत करने में लग जाते हैं। 'मैं भी कुछ हूं' की ओर प्रवृत्त होते हैं। अन्त में अहंकार के पूरा होने पर हम आत्म-ज्ञान की खोज में लगते हैं।

अपनी ज़रूरतों की समझ हमें अपने बारे में प्रेरित करती है। जब हम किसी ज़रूरत को पूरा करने के लिए सजग होते हैं, तब हम प्रेरित होते हैं। सजगता प्रेरणा की पहली सीढ़ी है। मेसलो बताता है कि 'प्रेरणा' व्यक्ति के भीतर की वह आकांक्षा और इच्छा है, जो उसे ऊंची सन्तुष्टि की प्राप्ति की ओर बढ़ाती है। यह एक 'हूक' है, जो आपके मन में उठती है।

सफलता के लिए आपको कौन संचालित करता है

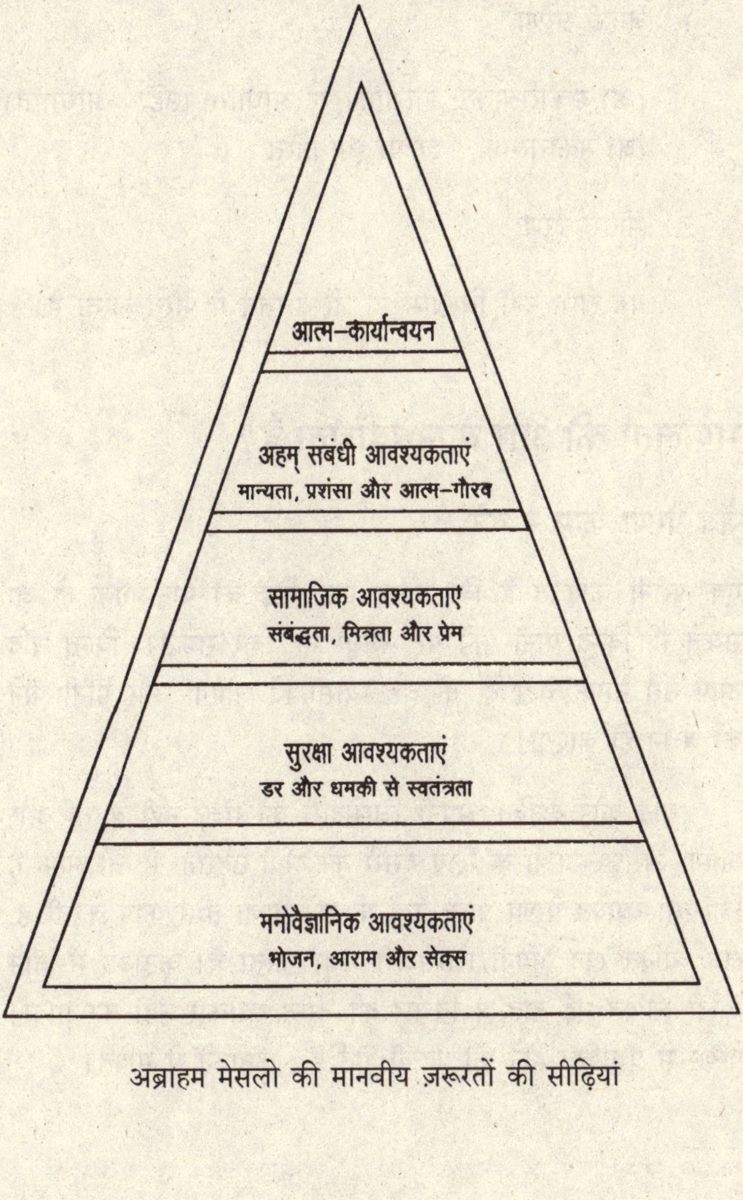

अब्राहम मेसलो की मानवीय ज़रूरतों की सीढ़ियां

प्रेरणा के स्वरूप

1. बाहरी प्रेरणा

(अ) सकारात्मक : प्रोत्साहन पर आधारित (उद्देश्य आधारित)
(ब) नकारात्मक : डर पर आधारित

2. भीतरी प्रेरणा

यह लाभ नहीं विश्वास है, जो वास्तव में प्रेरित करता है।

सफलता की ओर कौन खींचता है?

जब प्रेरणा काम न करे

एक पुरानी कहावत है कि 'आप एक घोड़े को पानी तक ले जा सकते हैं, किन्तु पानी पीने पर मजबूर नहीं कर सकते।' किन्तु यदि आप उसे नमक चटा दें, तो वह प्यासा हो जाएगा और पानी पीने को बेचैन हो जाएगा।

यदि कोई व्यक्ति अपनी ज़िम्मेदारी को मंजूर नहीं करता और अपनी असफलताओं के लिए दूसरों को दोषी ठहराता है, तो साफ़ है कि ऐसा व्यक्ति प्रेरणा प्राप्त नहीं करता। प्रेरणा तभी काम करती है, जब व्यक्ति ख़ुद अपनी ज़िम्मेदारी मंजूर करता है। कुंठाओं में जीने वाला व्यक्ति नई बात व विचार को तुरन्त स्वीकार नहीं कर पाता। प्रेरणा से प्रभावित होने की पहली शर्त है : कुंठाओं से मुक्ति।

एक प्रेरक : अगल-अलग प्रेरणाएं

प्रेरणा इस बात पर निर्भर करती है कि हम किसी घटना, व्यक्ति या वस्तु को कैसे देखते हैं? उसकी व्याख्या एवं विश्लेषण कैसे करते हैं?

दो भाई थे। उनमें से एक बड़ा व्यापारी बनता है और दूसरा नशेड़ी। एक व्यक्ति ने पूछा, "यह कैसे हुआ?" व्यापारी भाई ने बताया कि मैंने अपने पिता, जो कि पियक्कड़ थे और शराब के बिना रह नहीं सकते थे, से प्रेरणा ली। मैंने उनसे सीखा कि मुझे उनकी तरह अपना जीवन नष्ट नहीं करना है।

दूसरे भाई ने जवाब दिया, "मैंने पीना अपने पिता से सीखा है और मैं उनसे ही शराब पाता था। वे एक पक्के पियक्कड़ थे। मैंने अपना बचपन उनके साथ गुज़ारा। मैंने उन्हें जैसा देखा वैसा उनसे सीखा।"

एक ही प्रेरणा-स्रोत से अलग-अलग व्यक्ति अलग-अलग बातें सीखते हैं। ऐसा क्यों होता है? क्योंकि यह सीखने वाले पर निर्भर होता है कि वह प्रेरणा को किस नज़रिये से देखता है। मुख्य बात है आप क्या सीखते हैं, न कि आप किससे सीखते हैं?

अन्धी लड़की को मैंने कैसे प्रेरित किया

मैं एक बारह साल की लड़की तसनीम के बारे में बताना चाहूंगा। उसके पिता छह साल पहले गांव छोड़कर शहर में आकर बस गए। तब से वह अन्ध विद्यालय में पढ़ने जा रही थी, पर वह कुछ भी नहीं सीख पाई। उसके माता-पिता ने सोचा कि वह दिमाग़ से कमज़ोर है। इसलिए उन्होंने शहर के कई डाक्टरों से सलाह ली, पर सब बेकार रहा, फिर उन्होंने मुम्बई हॉस्पिटल में भी दिखाया। कोई लाभ नहीं हुआ।

एक दिन वह लड़की अपने पिता के साथ मेरे घर आई। मैंने उससे पूछा कि वह क्यों नहीं पढ़ना चाहती? उसका उत्तर था, "पढ़ने का कोई फ़ायदा नहीं है।" मैंने उसे उसकी बुआ, अजब, के जीवन के बारे में बताया। उसके कैरियर के बारे में बताया कि कैसे अजब ने लकवा से पीड़ित होते हुए भी अपना कैरियर बनाया। उससे पूछा कि क्यों तुम्हारी मां घर में ही रहती हैं और तुम्हारी बुआ नौकरी करती हैं। मैंने दोनों का अन्तर उसे समझाया।

उसे समझ में आया कि अजब, उसकी बुआ, इतनी बड़ी अधिकारी अपनी पढ़ाई की वजह से बनी हैं। वह किसी के

आसरे में नहीं हैं और चूंकि उसकी मां पढ़ी-लिखी नहीं हैं, उसे घर में ही रहना पड़ता है।

मैंने तसनीम को समझाया कि उसमें और उसकी मां में भी अन्तर है। मैंने उससे कुछ प्रश्न किए, "तुमसे कौन शादी करेगा?"

"एक दिन जब तुम्हारे माता-पिता नहीं होंगे, कौन तुम्हारी देखभाल करेगा?"

"क्या तुम अपनी बुआ की तरह अधिकारी बनना चाहोगी?" अजब अधिकारी कैसे बनी, यह मैंने उसे समझाया।

इस पांच मिनट की बातचीत से वह सीखने-पढ़ने को तैयार हो गई। उसके बाद उसने एक माह में ही वह सब सीख लिया, जो वह पिछले पांच वर्षों में नहीं सीख सकी थी।

मैंने सिर्फ़ पढ़ने की ज़रूरत की प्रेरणा दी। मैंने उसकी समझ को, उसके विश्वासों को बदला। मैंने उसे बुनियादी ज़रूरतों का अहसास दिलाया और वह प्रेरित हो गई।

तसनीम अभी 44–रजा कॉलोनी, अम्बामाता स्कीम, उदयपुर में रहती है।

प्रेरणा के पांच प्रैक्टिकल तरीक़े

1. ख़ुद को प्रेरित करने के लिए अपने से प्रश्न पूछें –

जब कभी आप सजग हो जाएं, आप ख़ुद को प्रेरित करने के लिए नीचे लिखे दो प्रश्न ज़रूर पूछें –

1. क्या यह काम मेरे उद्देश्य की पूर्ति में मददगार है?
2. मुझे मेरे उद्देश्य को प्राप्त करने के लिए अभी क्या करना चाहिए?

आप ये दो सवाल जब भी नींद से जागें, तब भी पूछ सकते हैं। ये प्रश्न आपको तुरन्त प्रेरित करेंगे।

ये प्रश्न आप ख़ुद से दिन में कई बार करें। उदाहरण के लिए, जब आप गपशप कर रहे हों, खाना खा रहे हों, खेलते हों, टेलीविज़न देखते हों और कभी भी, जब भी आपको इनका ख़याल आ जाए। इन प्रश्नों का उत्तर आपको अपने उद्देश्य की ओर ख़ुद-ब-ख़ुद प्रेरित करेगा।

इसके साथ ही, आप ख़ुद से ऐसे बहुत-से प्रश्न पूछ सकते हैं, जो आपको प्रेरित करते हों। जैसे –

- मेरा कौन-सा काम मुझे मेरे लक्ष्य की ओर ले जाता है?
- मैं और क्या-क्या कर सकता हूं?
- मैं अच्छा कैसे कर सकता हूं?

- क्या यह वह रास्ता है, जिस पर एक सफल व्यक्ति चलता है?
- क्या सफल व्यक्ति इस तरह सोचता है?
- क्या मेरी समस्या हॉकिंग की समस्या से बड़ी है?
- मेरा आदर्श कौन है?

2. प्रसन्न रहें, आनन्द में रहें

जब भी मौक़ा मिले, आप हंसें, खुले मन से हंसें। पूरी ताक़त से हंसें, जिससे आपका पेट हिलने लगे। ख़ुद हंसें। दूसरों के साथ हंसें।

हंसना एक अच्छी दवाई है। वर्तमान मेडिकल रिसर्च ने यह खुलासा किया है कि जब भी हम हंसते हैं, हमारे ख़ून में एंडोर्फिन नामक तत्त्व पैदा होता है, जो हमारे शरीर का कुदरती पैन किलर है। हंसने से न्यूरो-ट्रांसमीटर्स का बहाव हमारे दिमाग़ में बढ़ता है, जो हमें उत्साह एवं उमंग से भर देता है, जिससे हम ऊर्जावान रहते हैं। उत्साह और उमंग से व्यक्ति सभी प्रकार के कामों को सफल बनाता है। 'शकुन-शास्त्र' में लिखा है कि किसी कार्य को करने का उत्साह सबसे बड़ा शकुन है। संगीत एवं नृत्य हमारे मूड को बदलते हैं। अपनी पसन्द के गीत-संगीत के साथ नाचने से हमें ऊर्जा मिलती है और हम किसी भी काम को करने की ताज़गी से भर जाते हैं। ये क्रियाएं हमें आनंदित बनाती हैं। इस प्रकार ये हममें टारगेट प्राप्ति के लिए उत्साह पैदा करती हैं।

3. प्रेरणाहीनों से सावधान

डर, परेशानी, चिन्ता, अनमनापन, उदासी, अहंकार आदि उत्साह ख़त्म करने वाले हैं। किसी भी प्रकार का तनाव प्रेरणा का शत्रु है। इसलिए सभी प्रकार के तनावों से मुक्त रहें। ख़ुद को दबाइए मत, ख़ुद को दबाने का अर्थ है कि हम ख़ुद ही अपनी सफलता के शत्रु हैं। ख़ुद को अपने काम के अनुकूल बनाइए, उसके उलटा नहीं। ख़ुद अपने दुश्मन मत बनिए।

प्रेरणा को कमज़ोर करने वाली बातें

1. आज नहीं, मैं इसे कल करूंगा।
2. यहां कोई सुनता ही नहीं। मैं क्या करूं?
3. कार्य और चुनौतियों को टालने का नज़रिया।
4. भ्रष्टाचार, भाई-भतीजावाद एवं राजनीतिक दबाव।
5. उत्साह में कमी।
6. नकारात्मक नज़रिया।

जब आप चुनौतियों का सामना करने को तैयार हों, तो इन उत्साह के ख़िलाफ़ बातों से ऊपर उठिए। कठिनाइयों को हंसी में भगाना सीखिए। अपने डर को कंट्रोल कीजिए। नकारात्मकता (नेगेटिव एप्रोच) को दिमाग़ से निकाल फेंकिए। पीने-पिलाने या मौज-मस्ती से किनारा करना होगा।

4. प्रेरणास्पद लोगों से मिलें

सफल एवं समझदार लोगों से मित्रता बढ़ाएं, क्योंकि ऐसे लोग उत्साह से भरे होते हैं। असफल, जलन करने वाले एवं नकारात्मक सोच वाले लोगों की मित्रता से बचें। ये आपके उत्साह को ख़त्म करते हैं।

आमतौर पर हम किसी वजह से किसी से मिलते हैं, पर अपनी पसन्द से नहीं मिलते। आप अपनी कक्षा के साथी या सहकर्मी को नहीं चुन सकते, परन्तु आप उनमें से कुछ का चयन कर सकते हैं, जो सकारात्मक सोच वाले हों, जो आपमें रुचि रखते हों और जो आपको अच्छे लगते हों, उनसे दोस्ती कीजिए।

पंडित नेहरू ने गांधी जी से प्रेरणा ली थी। बिल गेट्स जैसे दुनिया के धनाढ्य व्यक्ति के सम्पर्क में आकर ऐसे कई लोग हैं, जो ख़ुद भी अमीर बने हैं।

5. विश्राम भी करें

विश्राम की एक्सरसाइज़ : धीरे-धीरे और लम्बी सांस लेने से तनाव से मुक्ति मिलती है। दस गिनने तक गहरा सांस लेना और उसे धीरे-धीरे ही छोड़ना तथा इसी क्रिया को बार-बार दोहराना। यह क्रिया कम-से-कम पांच मिनट तक करें। जब भी ख़ुद को तनाव में या थका हुआ महसूस करें, यह एक्सरसाइज़ करें। इससे आपको नई ऊर्जा प्राप्त होगी तथा नई ताज़गी मिलेगी।

तनाव दूर करने के लिए आप योगासन भी कर सकते हैं। जब सांस भीतर लें, तो अपने शरीर को तानें और सांस बाहर फेंकते हुए ढीला छोड़ें। जब आप ऐसा करें, तब अपने शरीर के हिस्सों पर ध्यान केन्द्रित करें।

नेपोलियन युद्ध में घोड़े की पीठ पर भी विश्राम कर लेता था।

इन ग़लत विचारों को मत पालिए कि स्मोंकिग या अन्य किसी प्रकार का नशा आपको विश्राम देगा। ये आपके दिल की धड़कन को बढ़ाकर और हानि पहुंचाते हैं। एकमात्र क्रिया जो थकान और तनाव से मुक्ति प्रदान करती है, वह है गहरी एवं लम्बी सांस।

थकने पर स्नान करें। यह भी हमें विश्राम पहुंचाता है।

हमेशा याद रखें कि आपकी ख़ुद की प्रेरणा सफलता प्राप्त करने के लिए अधिक ख़ास है, न कि कोई अन्य कार्य।

2

प्रबल इच्छा
सफलता की सीढ़ी पर पहला क़दम

सपने! सपने! सपने! अपने सपनों को विचारों में बदलें, फिर उन्हें साकार करें।

– ए.पी.जे. अब्दुल कलाम

हम सपनों से आगे बढ़ते हैं। सभी महान व्यक्ति सपने देखने वाले होते हैं।

– वुडरो विल्सन

सफलता का रहस्य

एक युवक ने सुकरात से सफलता का रहस्य पूछा।

सुकरात प्रैक्टिकल व्यक्ति थे। सुकरात ने उसे अगले दिन नदी किनारे आने को कहा और बोले, "मैं इसका उत्तर वहीं दूंगा।"

अगले दिन दोनों नदी किनारे मिले। जब दोनों नहा रहे थे, तो सुकरात ने उस युवक को पानी में डुबा दिया। युवक पानी से बाहर आने के लिए संघर्ष करता रहा। सुकरात शरीर से मज़बूत थे। उन्होंने युवक को पानी में तब तक डुबाए रखा, जब तक वह नीला नहीं पड़ने लग गया। तब सुकरात ने युवक के सिर को पानी से बाहर निकाला। युवक ने पानी से बाहर आते ही एक लम्बा सांस अपने भीतर खींचा।

सुकरात ने पूछा, "जब तुम्हारा सिर पानी में डूबा हुआ था, तब तुम सबसे अधिक क्या चाह रहे थे?"

"सांस" उसने उत्तर दिया।

सुकरात ने पूछा, "यही सफलता का रहस्य है। जब आप सफलता के लिए भी इतनी ही तेज़ इच्छा करेंगे, जैसे

हवा के लिए कर रहे थे, तभी वह आपको प्राप्त होगी।" ज़बरदस्त इच्छा ही सफलता का रहस्य है। अपने भीतर उद्देश्य की प्राप्ति की तीव्र इच्छा करो, सफलता अवश्य मिलेगी।

एक शायर ने कहा है –

मंज़िल-ए-मक़सूद का पाना तो कुछ मुश्किल नहीं
पर कभी सरगर्मी से तूने उसे ढूंढ़ा भी है

करसन भाई पटेल बी.एस.सी. पास करके एक केमिस्ट बन गए। उनके पिता एक मामूली किसान थे। उनका वेतन 450 रुपए प्रतिमाह था, परन्तु वह कुछ–न–कुछ करने की इच्छा से भरे रहते थे।

वे अपने–आप से पूछते, "ऐसा क्या है, जो लोगों के लिए लाभदायक हो और मैं भी उससे अच्छा पैसा कमा सकूं?" वे हमेशा किसी बड़े काम का सपना देखते और अमीर बनने की सोचते थे।

एक सुबह उन्होंने अपनी पत्नी को सूखे साबुन से कपड़े रगड़ते देखा। उन्होंने पत्नी की परेशानी को देखा, जो उसे कपड़ों पर साबुन रगड़ने से हो रही थी। तभी उनके दिमाग़

में एक विचार कौंधा कि क्यों न इसकी जगह कपड़े धोने का पाउडर बनाया जाए, जो अच्छा भी हो और सस्ता भी। तब उन्होंने दो साल अलग-अलग केमिकल्स से प्रयोग करने में लगाए। साथ ही अपनी नौकरी भी करते रहे। अन्त में उन्होंने वाशिंग पाउडर बनाया, जिसे उन्होंने प्यारी बेटी का नाम दिया 'निरमा'।

उन्होंने टाटा केमिकल्स और हिन्दुस्तान लीवर लिमिटेड जैसी कम्पनियों से होड़ की।

प्रबल इच्छा क्या है?

प्रबल इच्छा का अर्थ उस मज़बूत इरादे से है, जो हमें किसी उद्देश्य की प्राप्ति के लिए करना होता है। यह उद्देश्य शक्ति, पद, धन या ऐसी ही अन्य कोई वस्तु हो सकती है। कुछ बड़ा पाने या करने के लिए महत्त्वाकांक्षा (एम्बीशस) ज़रूरी है। जीवन में कुछ बड़ा करने के लिए पक्का इरादा ज़रूरी है।

एक स्कूली छात्र ने सॉफ़्टवेयर कम्पनी शुरू की – माइक्रोसॉफ्ट। इसी बीच इस छात्र ने हार्वर्ड विश्वविद्यालय में प्रवेश लिया। जब वह अपनी बी.ए. की पढ़ाई के दूसरे साल में था, कम्पनी ने बहुत बड़ा लाभ कमाना शुरू किया। उसकी तीव्र इच्छा थी कि वह

अरबपति बने। उसने अपनी पढ़ाई छोड़ दी, क्योंकि कम्पनी का काम बढ़ गया था। उसने अपने लक्ष्य को पहचाना और अपने जीवन के महत्त्वाकांक्षा से पूर्ण काम को बीस साल में पूरा कर लिया। उसकी प्रतिदिन की आय वर्ष 1998 में आठ सौ करोड़ थी। आज वह इस धरती का सबसे अमीर व्यक्ति है। कौन है वह महान व्यक्ति? वह बिल गेट्स है।

क्या प्रबल इच्छा, उत्साह एवं साहस की कमी में तेनसिंह और हिलेरी एवरेस्ट पर्वत की चोटी पर चढ़ने में सफल हो पाते?

प्रबल इच्छा की भूमिका

पानी को भाप में बदलने के लिए उसे 100° सेंटीग्रेड तक गरम करने पर ही नतीजा मिलता है। पानी 100° सेंटीग्रेड पर ही उबलता है और तब भाप में बदलता है। ज़रूरी डिग्री तक गर्म नहीं करने पर ऊर्जा का फ़ालतू ख़र्च होता है। इसी तरह, इच्छा की तीव्रता का भी अपना महत्त्व है। आमतौर पर सिर्फ़ इच्छा या कामना मनचाहे नतीजे नहीं देते हैं।

काम करने की या उद्देश्य-प्राप्ति की तीव्र इच्छा ही सफलता का बीज है। प्रबल कामना ही विकसित होकर असली रूप ग्रहण करती है। विशाल पेड़ की सम्भावना छोटे से बीज में ही छिपी होती है।

थॉमस अल्वा एडिसन एक ग़रीब लड़का था। बचपन से ही उसमें वैज्ञानिक (साइंटिस्ट) बनने की तीव्र इच्छा जन्म ले चुकी थी। उसे कई कठिनाइयों का सामना करना पड़ा। उसने सभी मुसीबतों पर विजय प्राप्त की और लगभग 1093 आविष्कार किए। वह उन्नीसवीं सदी का बहुत बड़ा वैज्ञानिक ही नहीं था, बल्कि अपने समय का सबसे अमीर व्यक्ति भी था।

जो कुछ आप सोचते हैं, कल्पना करते हैं, देखते हैं, उसे असल में प्राप्त कर सकते हैं। पहले सपने संजोएं, फिर उन्हें साकार करें।

हरियाणा के एक पिछड़े गांव में जन्म लेकर कपिलदेव विश्व प्रसिद्ध 'क्रिकेट स्टार' बना। यदि वह इस स्तर तक पहुंच सकता है, तो आप क्यों नहीं अपने क्षेत्र में सफलता प्राप्त कर सकते? सच में ही ऐसा हो सकता है।

सफलता की प्रेरणा हमें बछेन्द्री पाल जैसी पर्वतारोही या पी. टी. उषा जैसी धावक से मिलती है।

प्रबल इच्छा कैसे काम करती है?

प्रबल इच्छा हमारी शक्ति को सही दिशा देने के लिए हमें ऊर्जा एवं मार्गदर्शन प्रदान करती है। जीवन का उद्देश्य तय करती है। यह हमारी भीतरी ऊर्जा को लक्ष्य की ओर मोड़ती है।

जब हमारी तेज़ प्यास को चेतना-भरे दिमाग़ में ठूंस दिया जाता है, तो हमारे क्रियाकलाप आप ही उत्तेजक आकांक्षाओं की ओर मुड़ जाते हैं। यह क्रिया कम्प्यूटर की तरह ही है।

कम उपलब्धि का कारण है तेज़ प्यास की कमी

प्रसिद्ध शिक्षाशास्त्री वी. वी. जॉन, जो एक विश्वविद्यालय के वाइस चांसलर थे, ने एक सर्वे किया। उन्होंने विद्यार्थियों से पूछा, "वे अपने जीवन में क्या बनना चाहते हैं?" इस विषय पर कुछ लिखें। आश्चर्य की बात कि ज्यादातर ने अपनी इच्छा अध्यापक स्तर का कुछ बनने की जाहिर की। कुछेक विद्यार्थियों ने ही प्रशासक, वैज्ञानिक या करोड़पति बनने की बात कही। इस सर्वे के अनुसार ज्यादातर में प्रेरक इच्छा की कमी थी। उन्होंने अपने जीवन में लक्ष्य तय करना ही बहुत छोटा कर रखा था।

जब हमारा लक्ष्य ही छोटा है, तो चरम पर कैसे पहुंचा जा सकता है? हम तरक्की कैसे कर सकते हैं? इसीलिए हमारी पूर्व प्रधानमन्त्री श्रीमती इन्दिरा गांधी ने सत्य ही कहा था :

हममें आगे बढ़ने की प्रबल इच्छा नहीं है,
इसलिए हम पिछड़े हुए हैं।

हम ऐसे लोगों की जानकारी प्राप्त कर सकते हैं, जिनका कहना है कि जीवन बेकार हो गया, क्योंकि वे जीवन में महान कार्य नहीं कर सके। यह इसलिए हुआ कि उन्होंने अपनी शक्ति को आकांक्षाओं के खांचे में क़ैद नहीं किया। पुरानी कहावत है – 'जहां चाह, वहां राह'।

प्रबल इच्छा विकसित करने के प्रैक्टिकल तरीक़े

1. ख़ुद का विश्लेषण करें

मनुष्य अपनी आस्था-अनास्था, पसन्द-नापसन्द एवं कार्यों से बनता है। अपने माहौल को जानना तेज़ प्यास के बढ़ने में सहायक होता है।

जानकारी के लिए आप अपनी आंखें और कान सदैव खुले एवं चौकन्ने रखिए। एक छोटी-सी जानकारी और उसका मामूली विश्लेषण भी आपको आसानी से कुछ बड़ा करने के लिए प्रेरित कर सकता है।

एकान्त में पांच मिनट बैठकर ख़ुद से पूछें –

प्रश्न : क्या समाज में मेरी हालत सम्मानजनक है? यदि नहीं, तो मैं अपने ज्ञान और योग्यता के आधार पर इसे कैसे प्राप्त कर सकता हूं?

प्रश्न : क्या मैं, जो कुछ मुझे प्राप्त है, उससे सन्तुष्ट हूं? यदि नहीं, तो सफलता प्राप्ति के लिए क्या किया जा सकता है?

प्रश्न : क्या मैं दूसरों को प्रभावित करना चाहता हूं? यदि हां, तो मैं ऐसा कैसे कर सकता हूं?

प्रश्न : क्या मैं असफलता के डर एवं थकान से मुक्ति चाहता हूं? यदि हां, तो यह मैं कैसे कर सकता हूं?

प्रश्न : क्या मैं सोचता हूं कि जो थोड़ा-सा पैसा मुझे प्राप्त है, मेरे जीवन और मेरी ख़ुशियों के लिए काफ़ी है? यदि नहीं, तो मैं और अधिक पैसा कैसे कमा सकता हूं?

इस अभ्यास से मत बचिए। इसे छोड़िए नहीं। इसे दोहराइए।

2. अपने असन्तोष को वरदान बनाएं

हमारा असन्तोष हमें महत्त्वाकांक्षी (एम्बीशस) बनने की प्रेरणा देता है। अपनी कठिनाइयों एवं असफलताओं को याद करते रहें और उन्हें एक चुनौती के रूप में स्वीकार करें। अपनी समस्याओं को पहचानें और उनके अच्छे समाधान की खोज करें।

3. प्रेरणादायक पुस्तकें पढ़ें

जीवन-चरित्र (बायोग्राफ़ी) पर एवं प्रेरणादायक (मोटिवेशनल) पुस्तकें पढ़ना हमारी प्यास को बढ़ाता है। नेपोलियन ने अपने पुत्र को एक पत्र लिखा कि जीवन में सफलता कैसे प्राप्त की जाए। उसमें उसने लिखा, "तुम्हें इतिहास का बार-बार अध्ययन करना चाहिए, तभी तुम जीवन का पाठ सीख सकोगे।"

तथ्य रूप में व्यवस्था एवं मूल्यों के लिए निजी प्रतिक्रिया से ही इच्छा का जन्म होता है। प्रोत्साहित करने वाली मानसिक स्थिति ही हमें कुछ ख़ास करने के लिए उकसाती है। खोजिए कुछ प्रेरणाएं, कुछ आदर्श जो आपको चरम की प्राप्ति करा सकें।

आपने क्या सीखा?

1. क्या आपने प्रेरणा के मापने, स्वरूप वग़ैरह के बारे में जान लिया है?
2. प्रेरणा (मोटिवेशन) की पांच प्रैक्टिकल तकनीक क्या हैं?
3. प्रबल इच्छा क्या है?
4. प्रबल इच्छा की भूमिका क्या है?
5. कम एचीवमेंट का कारण क्या है?
6. प्रबल इच्छा बढ़ाने के उपाय क्या हैं?

दूसरा खंड

लक्ष्य तय करना

समुद्री यात्रा में नाविक के अनुकूल हवा तभी चलती है, जब उसको अपने बन्दरगाह (लक्ष्य) का पता हो।

3

लक्ष्य

व्यक्ति आलसी नहीं होते हैं। केवल उनके लक्ष्य उलझे होते हैं, ऐसे लक्ष्य उन्हें प्रेरित नहीं करते।

– एन्थनी रोबिन्स

अपने जीवन का लक्ष्य बनाइए और इसके बाद अपने पूरे शारीरिक और मानसिक बल को अपने काम में लगा दीजिए, जो ईश्वर ने आपको दिया है।

– कारलाईल

यह ख़ास नहीं कि आप कहां थे या कहां हैं, ख़ास यह है कि आप ख़ुद को कहां पहुंचाना चाहते हैं, कहां देखना चाहते हैं। लक्ष्य एक उद्देश्य है, एक मंज़िल है, एक छोर है। अपने लक्ष्य तय कीजिए और उसके अनुसार चलिए, सफलता आपकी होगी।

लक्ष्य तय करने से भविष्य कैसे बनता है?

लक्ष्य कुछ नहीं है, यह प्रभु का आदेश है आलस के ख़िलाफ़, इसलिए लक्ष्य को साकार करो।

लक्ष्य जीवन की दिशा का फ़ैसला करता है और इसी से जीवन का उद्देश्य तय होता है। उद्देश्य हमारी तमाम ऊर्जा को इच्छित दिशा में गति देता है। कोई भी काम तभी सफल होता है, जब लक्ष्य सामने होता है। लक्ष्य तय करना हमें उत्साहित करता है। लक्ष्य तय करने के बाद काम करना मुश्किल नहीं है। यह हमें योजना बनाने के लिए मजबूर करता है। एक तय लक्ष्य हमें उत्साहित करता है, प्रेरित करता है।

पहले महत्त्वाकांक्षी (एम्बीशियस) बनिए, फिर एक लक्ष्य, एक मंज़िल तय कीजिए। नेपोलियन बहुत महत्त्वाकांक्षी था। इसीलिए वह अपना लक्ष्य निर्धारित कर पाया और एक दिन फ्रांस की क्रान्ति का लीडर बन गया।

हासिल करने के लिए आपके पास लक्ष्य होना चाहिए।

– प्राचीन कहावत

सुभाषचन्द्र बोस का लक्ष्य

सुभाषचन्द्र बोस महत्त्वाकांक्षी (एम्बीशियस) थे। जब वे अंग्रेज़ों द्वारा भारतीयों पर होने वाले अत्याचारों से रू-ब-रू हुए, तो उन्होंने तय किया कि अपनी मातृभूमि को हर क़ीमत पर आज़ाद करवाएंगे।

"तुम 'ब्लेक इंडियन', चुप रहो!" एक अंग्रेज़ विद्यार्थी अपने भारतीय सहपाठी पर चिल्लाया। यह दृश्य था, कोलकात्ता के प्रेसीडेंसी कॉलेज का। अंग्रेज़ों के शासनकाल में उस अंग्रेज़ विद्यार्थी ने भारतीय विद्यार्थी को पकड़ा और एक चांटा जड़ दिया। किसी ने इसका विरोध नहीं किया, परन्तु एक दूसरे भारतीय सहपाठी को यह बदतमीजी सहन नहीं हुई। उसने इसका विरोध करने का निश्चय किया। उसी समय प्रोफ़ेसर ने कक्षा में प्रवेश किया, पूरी कक्षा में शान्ति छा गई, पर उस साहसी बालक का मन बेचैन था। उसने समस्या को परखा और भारत को अंग्रेज़ों के चंगुल से हर क़ीमत पर आजाद कराने का इरादा किया। एक दिन उसने नारा दिया, 'तुम मुझे ख़ून दो, मैं तुम्हें आज़ादी दूंगा।' आपको पता है, यह बालक नेताजी सुभाषचन्द्र बोस ही थे।

सुभाषचन्द्र बोस का उद्देश्य स्पष्ट था। इसलिए उन्होंने

इंडियन सिविल सर्विस (आई.सी.एस.) को छोड़ दिया। आज़ादी के आन्दोलन में वे शुरू में कांग्रेस में महात्मा गांधी के साथ थे। एक बार वह गांधी जी के सख्त विरोध के बावजूद भारतीय राष्ट्रीय कांग्रेस के अध्यक्ष चुने गए। बाद में अंग्रेज़ों द्वारा जेल में भी डाले गए, किन्तु वे जेल से भाग निकले। उन्होंने सिंगापुर जाकर आज़ाद हिन्द फ़ौज का नेतृत्व संभाला। दूसरे विश्वयुद्ध में यही फ़ौज अंगेज़ों के विरुद्ध लड़ी।

यह सब सम्भव हो पाया, क्योंकि –

1. उनका लक्ष्य तय था।
2. उन्होंने अपने इरादे के अनुसार ही लक्ष्य-प्राप्ति की योजना बनाई और उसे प्राप्त किया।
3. वह इसकी कीमत चुकाने को हमेशा तैयार रहे। उन्होंने अपना सारा जीवन, सारे सुख इसी के लिए समर्पित कर दिए। इसीलिए हम उन्हें 'नेताजी' कहते हैं।

स्नायु–तन्त्र पर लक्ष्य तय करने के प्रभाव

हमारा शरीर दिमाग़ के अधीन काम करता है। दिमाग़ हमारे सारे स्नायु-तन्त्र को कंट्रोल करता है। स्नायु-तन्त्र एक बायो टेलीफ़ोन की तरह या कहें कि नाड़ियों के केबल्स के रूप में पूरे शरीर में फैला हुआ है।

यह तन्त्र-व्यवस्था ही शरीर के हर भाग से सारी सूचनाएं दिमाग़ तक पहुंचाती है। हमारे शरीर में क़रीब पांच खरब ऐसी नाड़ियां हैं। ये स्वतन्त्र भी हैं और एक-दूसरे से गुंथी हुई भी हैं। कोई भी एक नाड़ी अकेली जीवित नहीं रह सकती। ये सभी एक-दूसरे से प्रभावित होती हैं।

दुनिया के मशहूर डॉक्टर दीपक चोपड़ा, जिन्हें देश-विदेश में लेक्चर देने के लिए बुलाया जाता है, उन्होंने अपना जीवन दिमाग़ और शरीर के बीच के सम्बन्धों को खोजने में ही लगा रखा है।

शुरू में यह विश्वास किया जाता था कि दिमाग़ का काम केवल सोचना है। भावना और विचार का कोई कैमिकल या बायोलॉजिकल सम्बन्ध नहीं है। डॉक्टर कहा करते थे, "आपका शरीर ठीक है, आप केवल सोचते हैं कि बीमार हैं।"

डॉ. दीपक चोपड़ा ने अपनी पुस्तक 'ऐजलेस बॉडी टाइमलेस माइंड' में साफ़ किया है कि ऐसा कोई डर हमारे दिमाग़ में ही नहीं होता है, बल्कि कुछ केमिकल हैं, जिनका सम्बन्ध डर से है और ये केमिकल्स दिमाग़ में ही नहीं होते हैं, बल्कि हमारे शरीर के अनेक हिस्सों में फैले हुए हैं। जब ऐसे केमिकल्स का सम्पर्क आपस में होता है, तो डर हमारे शरीर में पैदा होता है और दिमाग़ को इसकी सूचना मिलती है। इस प्रकार दिमाग़ और शरीर आपस में जुड़े हैं। इसका अर्थ हुआ कि 'लक्ष्य तय करना' सिर्फ़ मानसिक क्रिया ही नहीं है, यह हमारे तमाम शरीर को हमारे लक्ष्य के अनुसार गति देती है।

लक्ष्य की ओर बढ़ते रहो। वह आपको कभी निराश नहीं करेगा। आपको मनचाहा ज़रूर मिलेगा।

लक्ष्य–प्राप्ति के लिए इन्द्रियों (सेंसेज़) को खुला रखें

हम जो कुछ समझते हैं, वह हमारी पांचों इन्द्रियों के माध्यम से ही सम्भव होता है –

1. आंख से देखते है।

2. कान से सुनते हैं।

3. नाक से सूंघते हैं।

4. जीभ से स्वाद लेते हैं।

5. त्वचा से छूते हैं।

हर पल अरबों-खरबों सूचनाएं हमारी इन इन्द्रियों के सम्पर्क में आती हैं, परन्तु हम इनकी छंटनी करते हैं, इनमें से चयन करते हैं। लक्ष्य तय करना हमें लक्ष्य के अनुरूप ज़रूरी सूचनाओं को प्राप्त करने के योग्य बनाता है। ग़ैर-ज़रूरी सूचनाओं को हमारी इन्द्रियां स्वीकार नहीं करतीं।

यूं क़हें कि ये हमारी ऊर्जा को, शक्ति को, सामर्थ्य को लक्ष्य-प्राप्ति की ओर केन्द्रित कर देती हैं। मॉडर्न साइंस कहता है कि इस प्रकार यह हमारी एकाग्रता को लक्ष्य की दिशा में बढ़ाता है।

बिना लक्ष्य के हम गहरे सागर में भटकते दिशाहीन जहाज़ के समान हैं। बिना लक्ष्य के हम आकाश में उड़ान की योजना से भटके हवाई जहाज़ के समान हैं। बिना लक्ष्य हमारी ऊर्जा बेकार हो जाती है। हम कुछ भी प्राप्त नहीं करते।

लक्ष्य की विशेषताएं

प्रतिदिन हम अपने लक्ष्य का विचार करें। मुख्य लक्ष्य को उपलक्ष्यों में बांटा जा सकता है। हमारा लक्ष्य स्पष्ट एवं खासतौर में PROBE नियम के अनुरूप होना चाहिए।

P= व्यावहारिक (Practical), R = तर्कपूर्ण (Reasonable)
O= प्राप्ति योग्य (Obtainable), B = बड़ा (Big)
E= उत्साहवर्धक/जोशीला (Exciting)।

लक्ष्य तय करने के दो प्रैक्टिकल तरीक़े

1. ख़ुद का साक्षात्कार करें

लक्ष्य चुनने का एक तरीक़ा यह भी है कि आप ख़ुद से नीचे लिखे प्रश्न पूछें और उनका उत्तर भी ख़ुद ही दें –

1. आप जीवन में क्या बनना चाहते हैं? (आपकी महत्त्वाकांक्षा क्या है?)
2. आप अपने साथी/जीवनसाथी से क्या अपेक्षा करते हैं?
3. अपना भविष्य कैसे उपयोगी बनाना चाहते हैं?
4. कौन-सी बात या वस्तु आपको सबसे प्रिय है?
5. आप अपने क़द से कितना ऊंचा उठना चाहते हैं?

6. कौन-सी बात या वस्तु आपको प्रिय नहीं है?

7. आने वाले वर्ष एवं आगे के पांच वर्षों की आपकी क्या योजना है?

यदि आप किसी प्रतियोगी (कम्पीटेटिव) परीक्षा में भाग लेने जा रहे हैं, जैसे आई.आई.टी., प्री-मेडिकल अथवा किसी अन्य पब्लिक कमीशन जैसी परीक्षा में, तो आपका लक्ष्य पहले से ही तय है।

मेरी राय में आपको किसी भी परीक्षा में तीन अवसर से ज़्यादा नहीं लेने चाहिए। यदि आपका चयन नहीं होता है, तो आप अपने लक्ष्य का आकार या तो बढ़ा लीजिए या थोड़ा कम कर लीजिए। इससे आप पर कोई पहाड़ नहीं गिर जाएगा। किसी अन्य चीज़ की तुलना में आपका अपने लिए होना ज़्यादा ख़ास है, आप अपनी पसन्द या विकल्प के मामले में सीमा में क्यों रहते हैं?

यदि आप किसी कार्य में नियुक्त हो चुके हैं, तो आपका रोज़गार सम्बन्धी लक्ष्य भी एक बार पूरा हो चुका है।

यदि आप किसी काम की तलाश में हैं, तो आपका रोज़गार सम्बन्धी लक्ष्य अधूरा ही है। सही नियुक्ति पाना बहुत ज़रूरी है। इसलिए सरकारी या कॉरपोरेट सेक्टर में नियुक्ति पाने के लिए आपको पूरी कोशिश करनी चाहिए। यदि ऐसा नहीं हो पाता है, तो आपको दुखी होने की ज़रूरत नहीं है। अपना ख़ुद का कोई कारोबार शुरू किया जा सकता है।

ख़ुद के कारोबार को बढ़ाने की कोई सीमा नहीं है, उसकी सीमा तो बस आकाश ही हो सकती है। हां, यह ज़रूर है कि शुरूआत में मुश्किलों का सामना करना पड़ सकता है। शुरू में आपको बड़े धैर्य की ज़रूरत होती है। धैर्य, कठोर परिश्रम एवं साहस के साथ अपना कारोबार शुरू करें। अपने अनुभव, योग्यता एवं कुशलता के आधार पर आनेवाले अवसरों को खोजें।

ज़रूरत है कि आप अवसरों को पहचानें, फिर ख़ुद का कारोबार शुरू करें। कई-कई क्षेत्रों में बहुत सारे रास्ते हैं। निजी कारोबारों में सिन्धियों, सिक्खों आदि को देखें। वे लोग नौकरी के अलावा ख़ुद का छोटा-मोटा कारोबार करना ज़्यादा पसन्द करते हैं।

अवसर कैसे खोजें?

किसी भी प्रकार की सर्विस या उत्पाद (प्रोडक्ट), जो आप समाज को दे सकते हैं, की मांग और पूर्ति का विश्लेषण करें। आसपास के माहौल और अपनी रुचि को भी परखें। कारोबार तो कारोबार होता है। इसमें छोटा-बड़ा कुछ नहीं होता। कुछ भी श्रेष्ठ अथवा हीन नहीं होता। अपने ज्ञान एवं सारी ऊर्जा को गतिशील बनाएं। कुछ ही समय में आप अपने कार्य में सफल होंगे। हो सकता है, आप दूसरों से आगे निकल जाएं। आप को ही ख़ुद अपना निर्माण करना होगा।

पैसे एवं अनुभव की कमी हो सकती है। पैसे की समस्या का समाधान बैंक, मित्रों एवं सम्बन्धियों से उधार लेकर किया जा सकता है। कुछ लोग ही होते हैं, जिन्हें अपना काम शुरू करने के लिए धन

प्राप्त होता है। टीचर ट्रेनिंग के लिए यदि कोई 40,000 रुपए से 60,000 रुपए तक ख़र्च कर सकता है, तो क्यों नहीं किसी दुकान, फ़ैक्टरी या अन्य ऐसे ही किसी संस्थान (ऑर्गेनाइज़ेशन) में रहकर कारोबार की कला सीखें।

नीचे लिखे प्रश्न ख़ुद से पूछिए –

1. आप कोई नौकरी ही क्यों करना चाहते हैं?
2. आप अपना कारोबार करने से क्यों डरते हैं?

2. 'लक्ष्य तय करना' कार्यशाला (वर्कशॉप)

यह वर्कशॉप उनके लिए है, जिन्हें अपने रोज़गार की चिन्ता नहीं करनी पड़ती है –

1. व्यक्तिगत विकास के लिए इस वर्ष का लक्ष्य एवं समय-सीमा
2. व्यक्तिगत विकास के लिए पांच साल का लक्ष्य
3. इस साल के लाभ का लक्ष्य
4. अगले पांच साल के लाभ का लक्ष्य
5. हमेशा-हमेशा के लिए लक्ष्य
6. लक्ष्य का पुख्ता आधार

परीक्षण

क्या आपका लक्ष्य प्राप्त करना प्रैक्टिकल है? क्या आपका लक्ष्य आपकी योग्यता के अनुसार है? अपने लक्ष्य की जांच ख़ुद के उत्तर से ही कीजिए।

यदि ये दोनों एक-दूसरे का समर्थन करते हैं, तो इसका अर्थ हुआ कि आपका लक्ष्य आपकी प्रकृति से मेल खाता है।

मान लीजिए, आप एक डॉक्टर बनना चाहते हैं, तो ये सारे उत्तर आपके कारोबार को समर्थन देने वाले होने चाहिए। इस प्रकार आप अपने उद्देश्य में सफल हो सकेंगे।

यदि आपका उद्देश्य आपकी आदत के अनुसार हुआ, तो आप उसे अधिक आसानी से हासिल कर सकेंगे और यह आपके लिए लाभदायक भी होगा।

अपने लक्ष्यों और दिए गए उत्तरों, जो आपने अपने नज़रिये, योग्यता, पसन्द-नापसन्द के सम्बन्ध में दिए हैं, के बीच किन विरोधाभासों (कंट्राडिक्शन्स) को पाते हैं? विरोधाभास क्या हैं, उन्हें अपनी डायरी में लिखिए।

ख़ास लक्ष्य ही प्राप्त किए जा सकते हैं, यह हमेशा ध्यान में रखें। इन विरोधाभासों को कम या दूर करने की कोशिश करें, जिससे आप अपनी शक्ति को लक्ष्य-प्राप्ति के लिए लगा सकें।

लक्ष्य–पूर्ति के चरण

1. अपने लक्ष्य को अपनी डायरी के पहले पन्ने पर लिखें और उसे बार-बार पढ़ें।

2. मुख्य लक्ष्य को फिर से छोटे-छोटे लक्ष्यों में बांटें। इन छोटे-छोटे लक्ष्यों को रोज़मर्रा के लक्ष्यों में बांटें। धीरे-धीरे आप अपने उद्देश्य की ओर बढ़ें।

लक्ष्य तय करना ऊंचाई पर पहुंचने के लिए काफ़ी नहीं है। आपको उसके अनुसार काम करना भी ज़रूरी है। कर्म विश्वास का आधार होता है।

आपने क्या सीखा?

1. लक्ष्य (गोल) तय करने से भविष्य कैसे बनता है?

2 लक्ष्य तय करने का नर्वस सिस्टम पर प्रभाव कैसे पड़ता है?

3. लक्ष्य तय करने की प्रैक्टिकल तकनीक क्या हैं?

4. अपने लिए अवसर कैसे खोजें?

5. लक्ष्य प्राप्ति का परीक्षण कैसे करेंगे?

6. लक्ष्य पूर्ति के कौन-कौन से चरण हैं?

तीसरा खंड

आत्म-गौरव

आत्म-गौरव की भूमि में ही सफलता का बीज अंकुरित होता है। धारणाओं की मिट्टी में सकारात्मकता का हल चलाकर आत्म विश्वास पैदा किया जाता है।

अवचेतन मन पर आधारित प्रश्नों की वर्षा सफलता की भूमिका तैयार करती है।

4

अवचेतन मन की शक्ति : जानें इसका राज़

संसार में सक्रिय रहने की शक्ति आपके अवचेतन मन से आती है।

– विलियम जेम्स

अवचेतन मन किसी भी व्यक्ति के लिए एक इतना शक्तिशाली औज़ार है, जो उसके व्यक्तित्व के पुर्जे खोलता है।

– एक विचार

अवचेतन मन क्या है?

मनोवैज्ञानिकों ने मन को दो बड़े भागों में बांटा है –

1. **चेतन मन :** दिमाग़ का वह भाग, जिसमें होने वाली क्रियाओं की जानकारी हमें होती है, चेतन मन या दिमाग़ है। यह तर्क पर आधारित होता है।

2. **अवचेतन मन :** जाग्रत मन या दिमाग़ के परे का हिस्सा अवचेतन मन या दिमाग़ होता है। हमें इसकी जानकारी नहीं होती। इसका अनुभव कम ही होता है।

उदाहरण के रूप में, इसकी स्थिति पानी में तैरते बर्फ़ के टुकड़े की तरह है। बर्फ़ के टुकड़े का मात्र दस प्रतिशत भाग पानी की सतह से ऊपर दिखाई देता है और शेष नब्बे प्रतिशत सतह से नीचे रहता है। चेतन मन भी सारे दिमाग़ का दस प्रतिशत ही होता है। दिमाग़ का नब्बे प्रतिशत भाग आमतौर पर अवचेतन मन होता है।

दिमाग़ का विभाजन जैसा कुछ नहीं होता। ऐसा सिर्फ़ आपको समझाने के लिए बताया है। अवचेतन मन को कोशिश करके चेतन मन में बदला जा सकता है और तब वह चेतन मन का हिस्सा बन जाता है। अभी जो चेतन मन है, वह कल अवचेतन हो जाता है।

सारे फैसले चेतन मन ही करता है। अवचेतन मन सारी तैयारी, प्रबन्ध या व्यवस्था करता है। चेतन मन यह तय करता है कि क्या करना है और अवचेतन मन यह तय करता है कि उसे 'कैसे' पूरा किया जाए।

हमारे सारे अनुभव, जानकारी हमारे अवचेतन में इकट्ठे रहते हैं। परन्तु जब कभी हम उनका इस्तेमाल करना चाहते हैं, वे चेतन का हिस्सा बन जाते हैं। सिग्मंड फ्रायड के अनुसार हमारी दबी हुई इच्छाएं एवं विचार अवचेतन में इकट्ठे रहते हैं। ये हमारे व्यक्तित्व को बनाते व प्रभावित करते हैं और हमारे व्यवहार एवं आचरण में ख़ास भूमिका निभाते हैं।

शेक्सपियर ने कहा है, 'हमारा मन बग़ीचा है और हम इसके बाग़बान हैं।' तो आप एक बाग़बान हैं, जो विचारों के बीजों को अवचेतन मन में बोते हैं, जो हमारे विचारों के अनुसार होते हैं। हम जैसा अपने अवचेतन में बोएंगे, वैसा ही फल हमें प्राप्त होगा। उसी के अनुसार हमारा शरीर एवं समझ जाहिर होती हैं।

इसलिए हर विचार एक कारण है एवं हर दशा एक प्रभाव है। यह ज़रूरी है कि हम अपने विचारों को ऐसा बनाएं, ताकि हम इच्छित स्थिति को प्राप्त कर सकें।

अवचेतन मन का जीवन पर प्रभाव

हम भोजन करते हैं हमारा अवचेतन मन उस भोजन को कोशिकाओं, मांसपेशियों, हड्डी, रक्त आदि में परिवर्तित करता है। अवचेतन मन, जीवन की सारी क्रियाओं पर राज़ करता है।

दिल की धड़कन एवं पाचन-तन्त्र आदि का शासन अथवा कंट्रोल वही करता है। क्या आप जाग्रत अवस्था में भी हृदय या ऐसी ही अन्य शारीरिक क्रियाओं पर कंट्रोल रख सकते हैं। हमारी जीवनी-शक्ति ये क्रियाएं ख़ुद करती है।

हमें चाहिए कि हम अपनी इसी जीवनी-शक्ति का इस्तेमाल सफलता प्राप्ति के लिए करें। हमारा अवचेतन मन कभी नहीं सोता, कभी विश्राम नहीं लेता। यह हमें जीवन-भर, हर पल प्राप्त रहता है।

आपका चेतन मन दरवाज़े पर खड़े चौकीदार की तरह किसी भी ग़लत प्रभाव को भीतर नहीं घुसने देता। यह समझदार होता है।

हमारा अवचेतन मन हमें प्रभावित करता है। यह हमारे भीतर का ख़ज़ाना है। आपने सुना होगा और अनुभव भी किया होगा कि आप सोने के बाद जब भी जागना चाहते हैं, तो आपके मन में उसके लिए विचार चलते हैं। कई बार आप ख़ुद को आत्म-सुझाव भी देते हैं कि सुबह मुझे जल्दी जागना है, तो कभी आप अपने अवचेतन मन को सोने से पहले गम्भीरतापूर्वक आदेश भी देते हैं कि 'मैं सुबह पांच बजे जागना चाहता हूं।' अक्सर ऐसा होता है कि यह हमें ठीक समय पर जगा देता है। वास्तव में, यह आपके अवचेतन मन की शक्ति है, जिसे आप काम में लेते हैं। इसी तरह आप इस शक्ति का इस्तेमाल जीवन के अन्य क्षेत्रों में भी सफलता पाने के लिए कर सकते हैं।

जिसने मन को जीत लिया, उसने जगत को जीत लिया।

– शंकराचार्य

मन की शक्ति अभ्यास है, विश्राम नहीं।

– पोप

अवचेतन मन का इस्तेमाल नीचे लिखे तरीक़े से किया जा सकता है –

1. यह आपको मानसिक एवं शारीरिक रूप से चुस्त बनाने में सहयोग करता है। एक स्वस्थ मन ही स्वस्थ शरीर का निर्माण करता है। दूसरे रूप में स्वस्थ शरीर में ही स्वस्थ मन का घर होता है। एक स्वस्थ सकारात्मक सोच हमें सभी प्रकार से अनुकूल बनाए रखती है। जैसा कि हम सभी जानते हैं और अनुभव करते हैं कि 'आस्था' की हमारे जीवन में बहुत बड़ी भूमिका है।

2. धन की निरन्तर कल्पना और सोच धन प्राप्त करने में सहायक होते हैं। अपने आप को ग़रीबी के विचारों से दूर रखें। 'धन' शब्द को धीरे एवं शान्तिपूर्वक सोने से पहले पांच मिनट तक दोहराएं। आपका अवचेतन मन धन को आपके निकट ला देगा। जलन और बैर धन के रास्ते की रुकावटें हैं। दूसरों के फलने-फूलने को देखकर प्रसन्न होइए, जलन मत कीजिए। अमीर बनने के अपने अधिकार को कभी मत भूलिए।

3. अपने डर को आप अवचेतन के सहयोग से मिटा सकते हैं। सभी प्रकार के डरों का निदान आपकी इच्छा-शक्ति द्वारा किया जा सकता है। यदि आप असफलता के डर के शिकार हैं, तो सफलता पर ख़ास ध्यान दीजिए। यदि बीमार हैं, तो स्वस्थ होने की इच्छा कीजिए। यदि आप किसी हादसे से डरे हुए हैं, तो मन को साहसी बनने का आदेश दीजिए। बेहतर चिन्तन कीजिए, काम भी बेहतर ही होगा।

4. प्रसन्नता शान्त मन की पैदावार है। अपने विचारों को शान्ति, स्थिरता और सुरक्षा की ओर झुकाइए, आपका मन आपको प्रसन्नता देगा। आपको प्रसन्नता को ही चुनना है। चाहत के बिना कुछ भी प्राप्त नहीं होता। विश्वास के साथ की गई इच्छा और कल्पना ही चाहत है। प्रसन्नता प्रार्थनाओं से जनमती है। चाहत, इच्छा, कामना आदि भी एक प्रकार की प्रार्थनाएं ही हैं।

5. सफलता के विचार में ही सफलता के सभी तत्त्व उपस्थित रहते हैं। विश्वास एवं इच्छा के साथ 'सफलता' शब्द को लगातार दोहराएं। सफलता प्राप्त करने की अनिवार्य इच्छा आपके अवचेतन मन में उत्पन्न होगी। यह आपको सफलता प्राप्त करने के लिए मजबूर करेगी।

कैसे अवचेतन मन ने मुझे सहयोग किया

सन् 1978 में, जब मैं जवाहरलाल नेहरू विश्वविद्यालय में पढ़ता था, तो मैंने अपने अवचेतन मन का इस्तेमाल अनजाने में ही किया। मेरी बचपन में मंगनी हो गई थी। मेरा परिवार शादी करने के लिए मुझ पर दबाव डाल रहा था। मेरी मां को हाई ब्लडप्रेशर था। पिता जी सामाजिक दबावों में थे। इन्हीं कारणों से, मैंने अपने माता-पिता से बात नहीं की। साथ ही मुझे वह लड़की भी पसन्द नहीं थी। मैं आई.ए.एस. की परीक्षा की तैयारी कर रहा था, परन्तु मैं फैसला न कर सकने की हालत से परेशान था।

उस समय मैं अवचेतन मन की शक्ति से परिचित नहीं था। पर मैंने निश्चय किया कि "मैं एक महीने में फैसला कर लूंगा कि मुझे विवाह करना है या नहीं।" कई दिनों तक सोने से पहले बिस्तर में पड़े-पड़े मैं ख़ुद से पूछता, "क्या मुझे इस लड़की से विवाह करना चाहिए?" अचानक 31 मार्च, 1978 की रात को, जब मैं नींद में था, तो मुझे ऐसे लगा जैसे कि कोई मेरे कानों में कह रहा हो कि तुम इस लड़की से शादी कर लो, भविष्य में इससे तुम्हें किसी प्रकार की समस्या नहीं आएगी।

सुबह मैं तीन बजे ही जाग गया और मैंने पिता जी को तुरन्त पत्र लिखा, "मैं विवाह के लिए तैयार हूं, 15 अप्रैल से पहले विवाह कर दीजिए।"

आज मैं समझ पाया हूं कि यह फैसला मेरे अवचेतन मन से आया था। अब यह स्पष्ट हो गया है कि उस लड़की से विवाह का प्रस्ताव मेरे अवचेतन मन की शक्ति से प्रभावित था और वह निर्णय मेरे जीवन में सफल एवं सकारात्मक रूप में सही साबित हुआ।

अवचेतन मन के अज्ञान से हुई हानि

जब मैं प्रतियोगी परीक्षाओं की तैयारी कर रहा था, मुझे अवचेतन मन की शक्ति का ज्ञान नहीं था और इसका इस्तेमाल कैसे किया जाए, यह भी पता नहीं था। अनजाने ही, मैं अवचेतन मन की शक्ति का शिकार हो गया।

एक लड़की मेरी मित्र थी। सोने से पूर्व मैं उसे याद करता था,

कई बार उसे सपने में भी देखता था और इससे मेरा तनाव कुछ समय के लिए कम हो जाता था।

इस प्रकार मैं अपने अवचेतन को प्रतिदिन एक सूचना दे रहा था। इससे मेरी उस पर निर्भरता बढ़ गई। धीरे-धीरे वह मेरे लिए बहुत ख़ास हो गई। जब होश से सोचता, मैंने अनुभव किया कि सामाजिक व अन्य हालात हमारे पक्ष में नहीं हैं। अतः हमें एक-दूसरे को भुला देना चाहिए, परन्तु चूंकि मैं सोने से पूर्व उसे लगातार याद करता रहा था, ऐसा करके मैंने उसे कुछ ज़्यादा ही महत्त्व दे दिया था, इस कारण मुझे काफ़ी हानि हुई और मैं ठीक से पढ़ाई नहीं कर सका।

इसलिए आप भी सावधान रहिए। चेतन और अवचेतन मन के बीच एकरूपता नहीं होने से दुविधा की हालात बनते हैं। इससे आपकी एकाग्रता भंग होती है और कठिन काम करने की ताक़त एवं रुचि भी कम होती है।

अनजाने ही आपकी एकाग्रता कम होती है। मनुष्य की सबसे बड़ी विशेषता ही यह है कि उसमें चुनने की ताक़त है। विश्वास के साथ चुनाव कीजिए कि कुछ अच्छा घट सकता है और वह अभी घट रहा है।

अवचेतन मन की शक्ति के इस्तेमाल के पांच तरीक़े

1. रचनात्मक (पॉज़िटिव) कल्पना करना

अपनी मनचाही वस्तु, व्यक्ति अथवा घटना को अपने मन में देखना ही रचनात्मक (पॉज़िटिव) कल्पना है। यह एक क्रिया है, जिसमें सृजन

(क्रिएटिव), नज़रिया एवं अनुभव द्वारा अपने मानस-पटल पर हम प्राप्ति का, अपनी पसन्द के नए व्यक्तित्व का चित्र खींचते हैं।

अपने लक्ष्य की कल्पना कीजिए एवं उसका अपने मन के परदे पर चित्र इस प्रकार बनाइए, जैसे आपने अपने लक्ष्य को पा लिया है। पूरे नतीजे का चल-चित्र अपने मानस-पटल पर देखिए। ऐसी मानसिक कल्पना, मानसिक दर्शन नतीजा देने वाला होता है।

इस कल्पना-प्रक्रिया का जीता-जागता और असली चित्र महसूस करें। यदि रंगीन चीज़ जैसा दिखे, तो बहुत अच्छा और यदि आप कोई भी दृश्य नहीं देख पाते हैं, तो भी कोई बात नहीं। यदि आप कुछ सूंघ सकते हैं अथवा किसी आवाज़ को सुनते हैं अथवा कोई विचार अथवा अन्य कोई अहसास होता हो, तो उसका अनुभव करें, अपनी पांचों इन्द्रियों को इस क्रिया में लगा दीजिए। इस प्रकार का नज़रिया चमत्कारी नतीजा देता है। ऐसा नज़रिया प्रतिदिन तय समय पर बनाइए। अपने मानस-पटल पर एक ख़ासियत उसमें और जोड़िए।

कल्पना कैसे और क्यों?

असरदार कल्पना के चार सिद्धान्त –

- आपकी कल्पनाओं से ही आपके कार्य आकार लेते हैं।
- ख़ुद से कहिए कि जिसकी कल्पना आप कर रहे हैं, वह पहले से ही मौजूद है।
- प्राप्त करने की इच्छा बढ़ाइए।
- 'असफलता' जैसी कोई चीज़ नहीं है, इसे महसूस कीजिए।

2. आत्म-सुझाव

सबसे ख़ास शब्द वे हैं, जो हम ख़ुद के बारे में, ख़ुद के लिए, ख़ुद से तब कहते हैं, जब हम अकेले होते हैं। इस तरह हम अपने अवचेतन मन को 'फ़ीड' करते हैं।

यह वह क्रिया है, जिससे हम अपने अवचेतन मन को नियोजित (प्लान) करते हैं। आत्म-सुझाव अवचेतन मन तक पहुंचते हैं और सफलता के लिए ज़रूरी परिस्थितियों का निर्माण करते हैं। 'आत्म-सुझाव' वह कथन है, जो वर्तमान में दिया जाता है। यह कथन उस लक्ष्य के अनुसार होना चाहिए, जैसा आप बनना चाहते हैं। वास्तव में, यह एक विज्ञापन है, जो आपका, आपके बारे में और आपके लिए है।

ये सुझाव हमारे अवचेतन में जाते हैं। अवचेतन इन सुझावों के अनुसार काम करता है। ये सुझाव ही हैं, जो हमारे मन की संचालन की प्रणाली के रूप में काम करते है।

'आत्म-सुझाव' के तीन चरण

- पूरा विश्राम करें, अब की स्थिति को बदलने के लिए धीरे-धीरे गहरी सांसें लें। ऐसा बीस बार करें। अपने शरीर को खींचें और ढीला छोड़ें, फिर शरीर को ढीला छोड़ दीजिए। यह क्रिया आपके दिमाग़ में अल्फा तरंगों को उत्पन्न करती है, जो विश्राम पहुंचाती हैं।

- लक्ष्य चुनिए। अपने उद्देश्य को अब के समय में याद करें और लिखें। इसे बार-बार अलग-अलग तरह से दोहराएं।

- फिर से विश्राम करें, यानी ख़ुद को विश्राम करने का निर्देश दें, "तुम आराम पा रहे हो", "शरीर का हर अंग तनाव से मुक्त है।" ऐसा अनुभव करें कि तनाव कम हो रहा है।

ख़ुद की कैसेट कैसे तैयार करें?

याद रखिए आपका लक्ष्य आपके लिए बहुत विशेष है। अपने लक्ष्य के अनुसार अपने को लगातार सही-सही रखने के लिए आप ख़ुद की कैसेट तैयार कीजिए।

अपनी कैसेट रिकॉर्ड करने के पहले आप अपने लक्ष्य ठीक से तय कर लीजिए। 'वर्तमान समय' में अपने लक्ष्यों को लिखिए। वाक्यों को तीन से पांच बार अलग-अलग तरीक़ों से दोहराइए।

सफलता एवं प्रेरणा के सम्बन्ध में कुछ आदर्श वाक्य इस प्रकार हैं –

- मैं अब सफल हूं।
- मैं अब प्रसन्न हूं।
- मैं अब सबका दोस्त हूं।
- मैं अब स्वस्थ हूं।
- मैं प्यार करता हूं, मुझे प्यार किया जाता है और अब भी प्यार पाता हूं।
- मैं अपने काम से प्यार करता हूं।
- मैं ख़ुद से प्यार करता हूं।

- मैं अध्ययन (स्टडी) एवं काम में तेज़ हूं।
- मैं प्रेरित हूं।
- मैं उन सारी बातों से, जिन्हें मैं देखता हूं, प्रेरणा प्राप्त करता हूं।
- मैं कड़ी मेहनत से पाता हूं।
- मैं सकारात्मक (पॉज़िटिव) नज़रिया रखता हूं।
- मेरी आदतें अच्छी हैं।
- मैं अपने लक्ष्य में पूरा विश्वास करता हूं।
- मैं जैसा सोचता हूं, उससे अधिक अच्छा हूं।
- मैं सफलता के रास्ते पर हूं।
- दूसरों के कहने के मुक़ाबले में मैं ख़ुद पर अधिक विश्वास रखता हूं।
- दिमाग़ के काम करने के तरीक़ों पर हुई नई खोजों ने साबित किया है कि मैं जैसा सोचता हूं, उससे भी अधिक योग्यता रखता हूं।
- मेरा दिमाग़ धरती के सबसे शक्तिशाली कम्प्यूटर से भी अधिक शक्तिशाली एवं चमत्कारी है।
- मेरी प्रेमिका कहती है, "मैं सफल व्यक्ति हूं।"

नकारात्मक (नेगेटिव) वाक्यों को छोड़िए

मत कहिए : मैं धूम्रपान पसन्द नहीं करता।

कहिए : मैं धूम्रपान से नफ़रत करता हूं।

भविष्य की सूचना देने वाले वाक्यों को छोड़िए

मत कहिए : मैं सफल होऊंगा।

कहिए : मैं सफल हूं।

यदि सम्भव हो, तो विश्राम देने वाला संगीत कैसेट में भरिए। एक बार कैसेट तैयार हो जाए, तो इसे 21 दिन तक कम-से-कम दिन में दो बार ज़रूर सुनें।

मैं जानता हूं –

मैं जानता हूं कि मैं एक ख़ास व्यक्ति हूं। मेरे जैसा इस दुनिया में कोई नहीं है, न ही मेरे जितनी ताक़त किसी में है। मैं अनूठा हूं।

मेरा जन्म एक ख़ास लक्ष्य के लिए हुआ है। मैं अपनी ताक़त का पूरा इस्तेमाल लोगों की भलाई के लिए करूंगा।

मुझे ज़बरदस्त योग्यता मिली है और सफलता प्राप्ति के गुणों से मेरा व्यक्तित्व भरपूर है। मैं अपने व्यवहार द्वारा दूसरों को प्रभावित करता हूं, इस प्रकार आने वाली पीढ़ी मुझसे प्रभावित होती है।

अबकी सोच एवं भावनाओं पर मेरा पूरा कंट्रोल है, यही मेरे बर्ताव और मेरे प्रति दूसरों की राय तय करता है। वास्तव में, अपने भविष्य के निर्माण और जीवन में अपने लक्ष्य की प्राप्ति के लिए इसी की ज़रूरत है।

मुझे ख़ुद पा विश्वास है। मैं जानता हूं कि मैं महानता के योग्य हूं। मुझमें कुछ ख़ास बात है। (लिखका कमो की दीवाा पा चिपका दें औा बाा-बाा पढ़ें)

3. प्रार्थना

प्रार्थना अवचेतन मन की शक्ति को जगाने का पुराना तरीक़ा है। जब आप ईमानदारी से किसी बात के लिए प्रार्थना करते हैं, तो आप अपने दिमाग़ में अपनी इच्छाओं के बीज बोते हैं। यह आपके विचारों को इच्छा के अनुसार रूप देने की तैयारी करता है। मेरी समझ में प्रार्थना का यही अकेला अर्थ है। इसलिए आप होश के साथ मौजूद दशाओं की जानकारी प्राप्त करते हैं एवं उसी के अनुसार प्लान बनाते हैं।

फिर भी, अपनी इच्छाओं को आकार देने के लिए प्रार्थना एकमात्र तरीक़ा नहीं है। प्रार्थना आपको तैयार करती है, परन्तु ध्यान रहे कि यह चेतन और अवचेतन मन में तालमेल बनाने वाली होनी चाहिए। तभी प्रार्थना द्वारा अच्छे परिणाम प्राप्त हो सकते हैं, तभी उन हालात का निर्माण होता है जो आपके लक्ष्य को प्राप्त करने में सहायता करती हैं। जो कुछ भी आपके अवचेतन मन में होता है, वही जीवन में व्यक्त होता है। अवचेतन मन ऊंची दिमाग़ी सोच का भंडार है।

4. गुप्त सन्देशों वाली कैसेट्स सुनें

इन कैसेट्स को सुनने पर आप तो संगीत और कुदरती आवाज़ों को सुनेंगे और आपका अवचेतन मन में छिपे सन्देशों को सुनेगा और उनके अनुसार काम करेगा। इस तरह आप ख़ुद को बदलेंगे। ऐसी कैसेट् 'माइंड पावर रिसर्च इंस्टिट्यूट, सेक्टर 4, उदयपुर' पर उपलब्ध हैं।

वास्तव में अपने सम्मोहन के बारे में इंस्टिट्यूट ऑफ़ सजेस्टोलोजी, बुल्गारिया के डॉ. लारिंगो ने अपने शोध में बताया है कि जब चेतन मन किसी क्रिया में व्यस्त होता है, तब अवचेतन स्वतन्त्र रूप से शान्ति के साथ और आसानी से सूचनाएं प्राप्त करता रहता है।

5

खुद को बदलना है, तो धारणाएं बदलें

हम जैसा सोचते हैं, वैसा ही बनते हैं। हम अपने विचारों से ही उत्पन्न होते हैं। हम विचारों से अपनी रचना रचते हैं।

– गौतम बुद्ध

मनुष्य अपनी धारणाओं का ही प्रतिफल होता है।

– एन्तोन चेखव

एक मेढक, समुद्र से एक कुएं में आ गया। कुआं मेढकों से भरा था। कुएं के एक मेढक ने परिचय प्राप्त करते हुए पूछा कि पहले तुम कहां रहते थे। उसने जवाब दिया, "मैं समुद्र में रहता था।" तब कुएं के मेढक ने पूछा, "वह कितना बड़ा था?" एक मेढक ने एक क़दम छलांग लेकर पूछा, "क्या वह इतना बड़ा था?"

"नहीं।"

उसने दो फ़ीट छलांग लगाकर पूछा, "क्या इतना बड़ा"

"नहीं।"

उसने फिर से पांच फ़ीट की छलांग लगाई और पूछा, "क्या इतना बड़ा?"

"नहीं।"

उसने कुएं के एक छोर से दूसरे छोर तक छलांग लगाकर पूछा, "क्या इतना बड़ा?"

"नहीं"

तब उसने पूछा, "हमें बताओ, वह वास्तव में कितना बड़ा है?" समुद्र वाला मेढक चुप रहा। पहले ने कहा, "अच्छा,

इस कुएं से पांच गुना बड़ा?"

"नहीं।"

तब दूसरे मेढक ने कहा, "इस कुएं के हज़ार गुने से भी ज़्यादा।"

इस पर कुएं वाले मेढक ने कहा, "नहीं-नहीं, इतना बड़ा नहीं हो सकता, तुम झूठ बोलते हो।"

कुएं का मेढक समुद्र के रूप को नहीं समझ सका, क्योंकि उसने कभी कुएं से बाहर की दुनिया देखी ही नहीं थी। चूंकि उसका जन्म उस कुएं में ही हुआ था, अतः उस कुएं के दायरे से अधिक वह कुछ नहीं जानता था।

इसी प्रकार इंसान भी अपनी धारणाओं से परे कुछ भी मानने को तैयार नहीं होता। वह हमेशा अपनी मान्यताओं की हदों में ही रहता है। मैं नहीं जानता कि यह कहानी कितनी सच्ची है और न ही मुझे मेढकों की समझ के बारे में कोई जानकारी है, किन्तु इंसानों के बारे में तो यह पूरी तरह सच है।

मनुष्य जैसा अपने दिल में सोचता है,

वैसा ही बन जाता है।

– बाइबिल

धारणा क्या है?

धारणाएं हमारे फैसलों को कंट्रोल करती हैं। हम क्या सोचते हैं और कैसे सोचते हैं, इस पर हमारी धारणाएं असर डालती हैं। ये हमारे कर्म एवं विचारों को तय करती हैं। वास्तव में हमारा सोचना-समझना हमारी धारणाओं, हमारी मान्यताओं से प्रभावित होता है।

किसी सच्चाई या उसकी असलियत पर किसी तरह का शक न होना, जैसे कि 'वही सत्य और सही है', को हम धारणा क़हते हैं। मान्यताएं हमारे दिमाग़ के कमांडर की तरह हैं। मान्यताएं-धारणाएं वे कंट्रोल करने वाली प्रणाली हैं, जिनके माध्यम से हम हमारी इन्द्रियों द्वारा दी गई सूचनाओं पर प्रतिक्रिया करते हैं। यह हमारी क्रिया और प्रतिक्रिया का आदर्श होता है। धारणाएं हमें रास्ता दिखाती हैं और कंट्रोल करती हैं। हम जो कुछ हैं, जो कुछ थे या जो कुछ होंगे, सब-कुछ हमारी मान्यताओं पर आधारित होता है। हमारे रुझान हमारी धारणाओं पर निर्धारित होते हैं।

एक गिलास पानी से आधा भरा है। यह हमारी मान्यता पर निर्भर करेगा कि हम उसे आधा भरा कहेंगे या आधा ख़ाली। निराश व्यक्ति उसे आधा ख़ाली बताएगा, जब कि आशावादी आधा भरा।

धारणाएं शक न होने का अहसास देती हैं। ये हमें निर्देशित करती हैं। ये हमारे स्नायु-तन्त्र को नियन्त्रित करती हैं। जब भी कुछ घटित होता है, हमारा दिमाग़ तुरन्त दो प्रश्न उठाता है, यह हमें कष्ट पहुंचाएगा या प्रसन्नता? यदि यह कष्ट देने वाला है, तो हमारा दिमाग़ तुरन्त ही उसको दूर करने में लग जाता है और यदि यह ख़ुशी देने वाला है, तो दिमाग़ इसे मन में संभालता है। इन दोनों प्रश्नों के उत्तर

हमारी धारणाओं-मान्यताओं पर निर्भर करते हैं और इस प्रकार हमारे जीवन को रूप एवं दिशा देते हैं। मशहूर डॉ. नॉर्मन कजिन्स ने हज़ारों रोगियों की स्टडी करने के बाद ठीक कहा है, “दवाई हमेशा ज़रूरी नहीं होती, परन्तु स्वस्थ हो जाने का विश्वास हमेशा ज़रूरी है।”

धारणाएं कैसे बनती हैं?

कई विचारों के मिलने से धारणा का निर्माण होता है। विचार हमारी धारणाओं के मकान की नींव के पत्थर होते हैं। आप इसे एक टेबल के उदाहरण द्वारा आसानी से समझ सकते हैं। मान लीजिए, मेरी यह धारणा है कि ‘मैं एक अच्छा व्यक्ति हूं।’ यह धारणा कई विचारों व तथ्यों से बनी है।

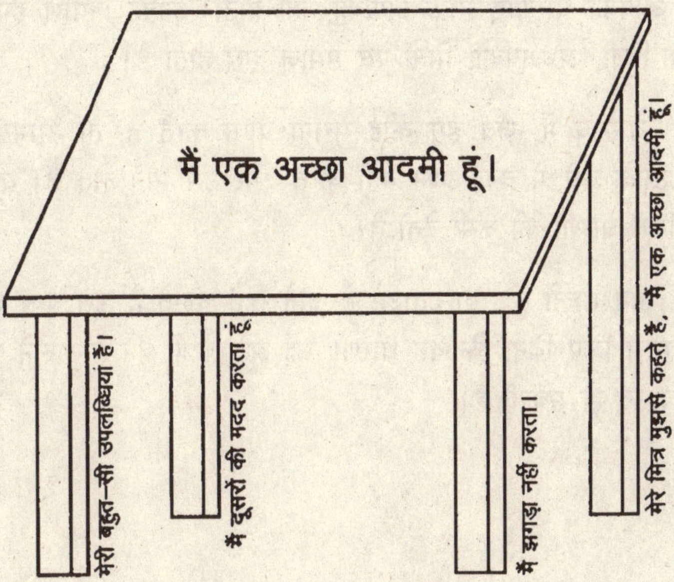

तथ्यों के पांवों पर खड़ी विश्वास की टेबल

1. मैंने बहुत कुछ प्राप्त किया है (इसलिए मैं एक अच्छा व्यक्ति हूं, क्योंकि मैं सफल हूं)।

2. मैं दूसरों की मदद करता हूं (इसलिए मैं एक अच्छा व्यक्ति हूं, क्योंकि मैं ही दया करता हूं)।

3. मैं झगड़ता नहीं हूं (इसलिए मैं एक अच्छा व्यक्ति हूं, क्योंकि मैं इस बुराई से दूर हूं)।

4. मेरे मित्र कहते हैं (इसलिए मैं अच्छा व्यक्ति हूं, क्योंकि दूसरे ऐसा मानते हैं)।

इस तरह हर धारणा कई तरह के विचारों पर आधारित होती है। आपकी धारणाएं सिर्फ़ आपकी नहीं होतीं। इनका निर्माण हमारे माता-पिता, अध्यापकों, मित्रों एवं समाज द्वारा होता है।

वास्तव में, जब हम कोई सूचना प्राप्त करते हैं, तो आमतौर पर उसके बारे में कोई प्रश्न नहीं करते और उसे मान लेते हैं। यही नज़रिया धारणा को जन्म देती है।

हम सालों तक मान्यताओं में जीते रहते चलते हैं, इस बात का अहसास किए बिना कि यह धारणा कई झूठे तथ्यों को मान लेने पर आधारित हो सकती है।

धारणाओं की भूमिका

जो भीतर ग्रहण किया जाता है, वही बाहर भी प्रकट होता है। जो कुछ हम आज हैं, वह अपनी धारणाओं की वजह से हैं। ये घटनाएं नहीं, जो हमारे जीवन को रूप देती हैं, बल्कि हमारी धारणाएं एवं मान्यताएं हैं, जो उन घटनाओं को रूप देती हैं।

धारणाओं में निर्माण (कंस्ट्रक्शन) के साथ विध्वंस (डिस्ट्रक्शन) की भी शक्ति होती है। हमें बनाने या बिगाड़ने वाली वस्तु न तो माहौल होता है, और न ही जीवन की घटनाएं होती हैं; परन्तु घटनाओं को हम क्या अर्थ देते हैं और उनकी किस तरह से परिभाषा करते हैं, उसी से हमारे जीवन का रूप बनता है और उसका सार निकलता है।

धारणाओं में यह ताक़त है कि हम एक पल में स्वस्थ या बीमार हो जाते हैं। एक व्यक्ति की यदि यह धारणा है कि उसे कोई बीमारी है, तो वह कभी भी स्वस्थता का अनुभव नहीं कर सकता है। व्यक्ति को अपनी समस्याओं के प्रति जागरूक होना चाहिए, क्योंकि कई समस्याओं का निर्माण हमारी धारणाओं के कारण होता है। प्रत्येक अपनी सफलता भी अपनी धारणाओं और मान्यताओं में बदलाव से प्राप्त होती है। अपनी धारणा-प्रणाली को बदलिए, आप ख़ुद-ब-ख़ुद बदल जाएंगे।

विश्वासों का निर्माण चेतन मन में होता है, क्योंकि हम उनके लिए सावधान (एलर्ट) नहीं होते हैं। एक बार उनका निर्माण हो गया, तो हम उन्हें वास्तविक रूप में स्वीकार कर लेते हैं। हम कभी अपनी मान्यताओं को अविश्वास की नज़र से नहीं देखते। इसीलिए ये हमारा संचालन करती हैं।

एक व्यक्ति साइकिल क्यों नहीं सीख पाता

मैं अपने बहनोई का एक सच्चा उदाहरण देता हूं। मेरे बहनोई श्री सोहनलाल जी जैन इंटरमीडिएट के विद्यार्थी थे। यह 1957 की बात है। उन्होंने कभी साइकिल नहीं चलाई थी। एक बार वह साइकिल की सवारी करना सीख रहे थे, तो गिर गए। उनके टखने में चोट आ गई। तो उन्होंने साइकिल सीखने का इरादा ही छोड़ दिया। इस दुर्घटना की व्याख्या इस प्रकार की कि अपने मन में नकार बैठा लिया और साइकिल चलाना सीख ही नहीं सके। उनका मानना था कि उनके साथ इससे भी बड़ी दुर्घटना हो सकती है। वह एक सफल व्यापारी हैं, परन्तु कोई भी गाड़ी नहीं चला सकते, क्योंकि उन्होंने एक ग़लत धारणा को अपने मन में जगह दे दी थी।

साइकिल से गिरना साधारण घटना है। हर सीखने वाले के साथ कुछ बार तो ऐसा होता ही है, परन्तु हर सीखने वाला उसे इस प्रकार नहीं लेता। नहीं तो साइकिल सीखना बहुत मुश्किल बात हो जाएगी। आप देखेंगे कि हमारी 'धारणा-प्रणाली' जीवन में किस प्रकार काम करती है।

हमारा दिमाग़ हमारे अनुभवों को व्यवस्थित (मैनेज) करता है

इस बारे में अपने व्यक्तित्व का मूल्यांकन (एवोल्यूशन) कर अपनी धारणाओं को व्यवस्थित करने से यह हो सकता है कि इन्हें फलदायी और प्रेरणा देने वाला धारणाओं में बदला जा सकता है।

हम साफ़-साफ़ देख सकते हैं कि प्रत्येक वस्तु हमारी व्यक्तिगत धारणाओं से आधार (बेस) पाती है। परिवर्तन (चेंज) तब शुरू होते हैं, जब हम प्रतिदिन की घटनाओं को नया अर्थ देना शुरू करते हैं। प्रत्येक व्यक्ति में सफलता की सीढ़ियां शुरू होती हैं, ख़ुद की धारणा-प्रणाली को बदलने से।

धारणाओं के प्रकार

आमतौर पर धारणाओं को दो मुख्य भागों में बांटा जा सकता है : प्रेरणादायक धारणा और प्रेरणाहीन धारणा।

1. शक्ति देने वाली प्रेरणादायक धारणाएं

1. यह भी गुज़र जाएगा।
2. मैं क्यों नहीं कर सकता?
3. मैं प्राप्त करूंगा।
4. ईश्वर मेरे साथ है, मैं भाग्यशाली हूं।

5. मैं सभी को पसन्द करता हूं और प्यार करता हूं।

6. मैं केवल सकारात्मक (पॉज़िटिव) पक्ष देखता हूं या सकारात्मक (नेगेटिव) सोच रखता हूं।

7. काम ही पूजा है, भक्ति है।

8. मैं प्रतिदिन, प्रतिपल आगे बढ़ रहा हूं।

9. भगवान के घर देर है, अंधेर नहीं है।

10. अतीत (पास्ट) भविष्य की बराबरी नहीं कर सकता।

11. यदि मैंने तय कर लिया है, तो मुझे अपने आसपास के हालात और चीज़ों को बदलने का रास्ता मिल सकता है।

12. असफलता मेरे जीवन में तब तक नहीं है, जब तक कि मैं प्रत्येक छोटी घटना से भी सीख लेता हूं।

13. मैं कभी भी अपने पूरे जीवन को नए फैसले लेकर बदल सकता हूं।

2. प्रेरणाहीन धारणाएं

ये व्यक्ति को शक्तिहीन व निराश बनाती हैं, जैसे –

1. मैं दुर्भाग्यशाली (unlucky) हूं।

2. मैं कुछ भी हासिल नहीं कर सकता।

3. हर व्यक्ति स्वार्थी है और मेरे ख़िलाफ़ है।

4. हर व्यक्ति को मरना है।

5. अन्त समय में कोई भी व्यक्ति कुछ भी साथ नहीं ले जाएगा।

6. मैं उन्हें देख लूंगा।

एक धारणा : यह भी बीत जाएगा

यह एक ऐसी धारणा है, जो कई बार लाभदायक होती है। जब कभी आप मुसीबत में हों, ख़ुद को इस धारणा के साथ विश्वास दिलाएं कि 'कोई बात नहीं। यह समय भी बीत जाएगा।' धोखा खाने पर भी आप ख़ुद की इस धारणा से ख़ुद को विश्वास दिला सकते हैं। जब कभी परिवार में झगड़े खड़े हो जाएं, आप तनाव से मुक्त हो सकते हैं। यह अटल नहीं है, हमेशा रहने वाला नहीं है, यह भी बीत जाएगा। इस प्रकार की धारणा का असर साफ़ दिखता है। धारणा हमारे शरीर और मन को प्रभावित करती है। मन की गतिविधि (एक्टिविटी) ही हमारे दिमाग़ एवं स्नायु-तन्त्र (नर्वस सिस्टम) को गति देती है।

धारणाओं को बदलने की दो प्रैक्टिकल तकनीकें

1. संवेदनाओं (सेंसेशन्स) के अनुभव की तकनीक

पहला क़दम : अपनी धारणा पर प्रश्न करें

पहला क़दम जो हमें उठाना है, वह यह है कि हम अपनी धारणाओं पर सन्देह करें। इसमें सजगता ज़रूरी है।

एक बीमार या बेहोश दिमाग़ जाग्रत नहीं होता है। इसलिए हमें इस दशा को जानना होगा। सबसे पहले आपको अपनी धारणाओं की छंटनी करनी है। आपको अपने दिमाग़ से प्रश्न करने हैं, उसके तर्कों पर शक प्रकट करना है। यह शक तथ्यों की प्रामाणिकता को कम करेगा। इससे पुरानी धारणाएं कम प्रभावशाली होंगी। प्रत्येक अच्छी या बुरी धारणा के सम्बन्ध में आप ज़रूर सोचें।

दूसरा क़दम : सांस के बारे में सजग हों

जब भी आपको समय मिले, सांस पर ध्यान दें। श्वास-प्रश्वास यानी उसके आने-जाने की क्रिया पर ध्यान डालें। अपने शरीर की हरकतों पर एवं अपनी भाव-भंगिमा के बारे में सजग हों, जागें। आप जब इस ओर सजग होंगे, तो धीरे-धीरे अपने विचारों पर ध्यान देने योग्य बन जाएंगे। अपनी एकाग्रता (कंसन्ट्रेशन) को बनाए रखें। इसे वॉच करते रहें। धीरे-धीरे आप पता लगा सकेंगे कि ये विचार कहां से आ रहे हैं। इसका अर्थ है कि आप अपनी धारणा-प्रणाली के बारे में जागरूक हैं और अपने तथ्यों के ख़यालों से पैदा हुए दुख-सुख अनुभव करके ख़ुद की धारणाओं को बदल सकते हैं।

तीसरा क़दम : अपनी संवेदनाओं को पहचानें

आप अपने ही शरीर की सतह, यानी त्वचा (स्किन) पर ध्यान केन्द्रित करें। आप वहां पर कुछ संवेदना (सेंसेशन्स) अनुभव करेंगे। कभी-कभी, ये संवेदनाएं दुख देने वाली होती हैं और कभी-कभी सुखद। इस प्रकार कष्ट एवं आराम दोनों ही हमारी धारणाओं को जानने में सहायक होते हैं। जब आप सुखद संवेदना का अनुभव करते हैं, तो उसका अर्थ है : आप अपनी धारणाओं को पसन्द करते हैं और जब कष्ट

का अनुभव हो, तो साफ़ है कि आप अपनी इन धारणाओं को पसन्द नहीं करते हैं।

चौथा क़दम : अपनी संवेदनाओं को बदलें

अपनी पुरानी धारणाओं के बारे में विचार करके गहरा दुख अनुभव कीजिए। इससे पुरानी धारणाओं से आपको मुक्ति मिलेगी। अब नई धारणाओं को ख़ुशी से जोड़िए, आपको शक्ति मिलेगी। दुख और सुख के अनुभव की धारणा में बदलाव से आपकी धारणाएं बदलेंगी। छोटे सुधार विश्वास योग्य होते हैं और प्राप्त करने वाले होते हैं। आप इन्हें इसी पल से शुरू कर सकते हैं, परन्तु धारणा-प्रणाली में बदलाव लाने में लम्बा समय लगता है। अतः धीरे-धीरे एवं मज़बूती के साथ छोटी-छोटी धारणाओं से इसे शुरू कीजिए।

2. आत्म-सुझाव

अपनी धारणाओं को बदलने के लिए आत्म-सुझाव एवं सन्देशों वाली कैसेट्स सुनिए। अब आप जो नई धारणा बनाना चाहते हैं, उससे शरीर पर पैदा होने वाली सुखद संवेदनाओं को महसूस करें।

6

आत्म-विश्वास बढ़ाएं

वह, जिसे ख़ुद पर भरोसा नहीं है,
कुछ भी प्राप्त नहीं कर सकता।

– विवेकानन्द

वे जीत सकते हैं, जिन्हें विश्वास है
कि वे ऐसा कर सकते हैं।

– ड्राइडेन

आत्म विश्वास (सेल्फ़ कॉन्फ़ीडेंस) की भूमिका

"परन्तु तुम भूल रही हो कि तुम ब्रिटेन के होने वाले प्रधानमन्त्री की पत्नी हो।" यह था आत्म विश्वास बैंजामिन डिज़रायली का, जिसने उसे ग्रेट ब्रिटेन का दो बार प्रधानमन्त्री बनने में सहयोग किया।

वह उस समय संसद का एक सामान्य सदस्य भी नहीं था, परन्तु डिज़रायली को अपने लक्ष्य के प्रति विश्वास था। ये शब्द उसने अपनी पत्नी से चर्चा के दौरान कहे थे, तब उसकी पत्नी ने उस पर व्यंग्य कसा था।

सिर्फ डिज़रायली ही ऐसा व्यक्ति नहीं था, जिसे यह शक्ति प्राप्त थी। आप और मैं, हम सब इस शक्ति से भरपूर हैं।

एक साधारण व्यक्ति इसे इच्छा-शक्ति (विल पॉवर) कहता है, धार्मिक अर्थ में इसे दैवी शक्ति और मनोवैज्ञानिक इसे संकल्प (डिज़ायर) शक्ति के रूप में जानता है। प्रकृतिवादी (नेचुरलिस्ट) इसे वैश्विक (यूनीवर्स) शक्ति और दार्शनिक इसे आत्म-विश्वास के रूप में जानता है और नया प्रेरक (मोटिवेशनल) साहित्य में इसे आत्म-सम्मान (सेल्फ़-एस्टीम) का नाम दिया गया है।

आप सिर्फ़ शरीर नहीं हैं। हुआ यह है कि आपने ख़ुद को सीमित धारणाओं से ही परिचित कराया है। इस तरह आपने अपना मिशन सीमित कर दिया है, अन्यथा आप ख़ुद ही शक्ति हैं, आप ही महान हैं।

आत्म-विश्वास सफलता का प्रमुख रहस्य है।

– इमर्सन

जब चौदह साल की लड़की ने फ़ौज का नेतृत्व किया

फ्रांस का ब्रिटेन से क़रीब सौ वर्षों तक युद्ध चला। दोनों देशों का जन-जीवन तबाह हो चुका था। एक मामूली किसान की अनपढ़ लड़की ने युद्ध की व्यर्थता को समझा।

वह प्रतिदिन ईश्वर से युद्ध की समाप्ति के लिए प्रार्थना करती थी। ईश्वर में उसका दृढ़ विश्वास था। इससे उसका आत्म विश्वास बढ़ा।

एक दिन उसने अपने अंदर की आवाज़ सुनी, "तुम्हारा जन्म इस युद्ध की समाप्ति के लिए हुआ है।" उसने अपनी आत्मा की आवाज़ पर विश्वास किया और सम्राट जॉन डफ़न से मिली। उसने अपने नेतृत्व (लीडरशिप) की परीक्षा चर्च एवं सम्राट के दरबारियों के सामने पास की। सबको विश्वास हो गया कि यह कोई मामूली लड़की नहीं है, बल्कि जन्म से ही इसमें नेतृत्व के गुण हैं और उसका जन्म ही लड़ाई की समाप्ति के लिए हुआ है।

उस चौदह वर्षीय गांव की अनपढ़ लड़की, जॉन ऑफ़ आर्क ने फ्रांसीसी सेना का नेतृत्व किया। उसने युद्ध लड़ा और उसे 31 मई, 1431 को जीवित जला दिया गया। उसके बलिदान ने युद्ध को ख़त्म कर दिया।

जानें आत्म-विश्वास को

हम सिर्फ़ शरीर नहीं हैं और न ही हम कोई मशीन हैं। हममें सोचने, समझने और विश्लेषित (एनालाइस) करने की शक्ति है। हम ख़ुद अपने भाग्य के निर्माता हैं। अपनी ख़ुद की योग्यताओं, विशेषताओं में भरोसा करना ही 'आत्म-विश्वास' कहलाता है।

आल्प्स यूरोप का सबसे ऊंचा पहाड़ है। रूस के विरुद्ध विजय अभियान के लिए आगे बढ़ती सेना से नेपोलियन ने कहा था, "यहां कोई आल्प्स नहीं हैं।" और तब दुनिया के इतिहास में पहली बार ऐसा हुआ कि सेना आल्प्स को पार कर गई।

केवल आत्म-विश्वास के सहारे ही एक 'रिंग-मास्टर' सर्कस में शेर को नचाता है। जोश में आना आत्म-विश्वास नहीं है। अपने लक्ष्य और ताक़त की सही समझ से आप आत्म-विश्वास महसूस करते हैं। आपको अपना लक्ष्य अपनी शक्ति के अनुसार ही तय करना चाहिए। अब प्रश्न उठता है कि एक व्यक्ति की क्षमता (केपिसिटी) कितनी होती है?

बेशक, हर व्यक्ति की क्षमता सीमाओं में बंधा नहीं है, परन्तु बेकार की धारणाएं उसकी क्षमता को 90% तक ख़त्म कर देती हैं। अपने रवैये में बदलाव लाइए और आत्म-विश्वास को जगाइए। आप सकारात्मक (पॉज़िटिव) रवैया पैदा कर सकेंगे।

नरक का कहीं कोई वजूद नहीं है, बल्कि हमारी नकारात्मक सोच (नेगेटिव एप्रोच) ही नरक है। यह अपने नज़रिये से हम ख़ुद प्रकट करते हैं। बहुत सारी असफलताओं का कारण हमारी नकारात्मक सोच या नज़रिया होता है। अतः आपको चाहिए कि आप अपने

भीतर नकारात्मक सोच को जगह न दें। उसे अपने दिमाग़, अपने मन में घर बनाने न दें। सकारात्मक सोच समाज में एकता एवं मेलभाव पैदा करती है, बनिस्बत इसके कि हम सामाजिक अलगाव एवं उसके बिखरने के शिकार हों।

अपनी असफलता से सबक लें

अपनी असफलता को चुनौती के रूप में लें। इसके कारणों से हमें सावधान रहना चाहिए। असफलताएं हमारी सबसे बड़ी शिक्षक हैं। असफलताएं ही सफलता की मंज़िल की सीढ़ियां हैं। असफलता हमें हमारी कमज़ोरियों का विश्लेषण (एनालाइसिस) करने का मौक़ा देती हैं और हमारे भविष्य को संवारती हैं।

यहां कुछ महान लोगों के उदाहरण दिए जा रहे हैं, जिनसे हमें प्रेरणा मिलती है कि कैसे असफलता को चुनौती के रूप में मंजूर करना चाहिए –

विद्योतमा ने कालिदास के अनपढ़ होने को ललकारा। कालिदास ने इसे चुनौती के रूप में लिया। उसने अपना आत्म विश्वास जगाया और कठिन परिश्रम किया। वह एक प्रसिद्ध कवि बन गया। उसने 'अभिज्ञान शाकुन्तलम्' जैसी प्रसिद्ध रचना लिखी। उसने और भी ऐसी कई क्लासिक रचनाएं कीं, जो हमारे भारतीय साहित्य का गौरव हैं। कालिदास विश्व प्रसिद्ध कवि बने।

एमंडसन ने दक्षिणी ध्रुव को जीतने की चुनौती मंजूर की। उसने सात बार कोशिश की, किन्तु हर बार असफल रहा। अन्त में उसने दिसम्बर, 1911 में इस पर विजय प्राप्त की। उसने कई कठिनाइयों का सामना किया और उसने अपनी असफलता पर आत्म विश्वास से ही सफलता प्राप्त की।

एल्बर्ट आइंस्टीन बचपन में गणित विषय में काफ़ी कमज़ोर था। उसने इसे चुनौती के रूप लिया और कठिन परिश्रम किया। एक दिन आया कि वह दुनिया का सबसे महान गणितज्ञ वैज्ञानिक बन गया।

आत्म-विश्वास बढ़ाने की तीन प्रैक्टिकल तकनीकें

1. अपनी 'जीत की पुस्तक' (विन-बुक) बनाएं

ऐसी पचास घटनाओं के बारे में लिखिए, जिनमें आपने जीत हासिल की हो। ये घटनाएं बहुत छोटी-छोटी भी हो सकती हैं। उस हर जीत को लिखिए, जो किसी-न-किसी दशा में ख़ास रही है। अपनी उस जीत के मिशन को रेखांकित करें, जो आपमें विश्वास पैदा करती है। अपने बीते हुए समय के विजित क्षणों को याद करने से आपमें आत्म-विश्वास का विकास होगा।

मैं अपनी 'जीत की कॉपी' से कुछ उदाहरण देता हूं –

- आठवीं कक्षा मैंने फ़र्स्ट डिवीज़न से पास कर दूसरी पोज़ीशन पाई थी।
- अपने परिवार में मैं पहला व्यक्ति था, जिसने बी.एस-सी. का इम्तहान पास किया।
- मैं जे.एन.यू. (जवाहरलाल नेहरू यूनीवर्सिटी) का छात्र रहा।
- मैंने महज ढाई साल में योग्यता के आधार पर अपनी तरक्की प्राप्त की।

छोटी-से-छोटी उपलब्धि (एचीवमेंट) का विवरण लिखें, ताकि आपका आत्म-विश्वास बढ़े। ऐसी सभी स्थितियों का पता लगाएं, जिनमें आपने सफलता पाई हो, उन्हें अपनी 'जीत की कॉपी' में लिखिए। उन्हें बार-बार जब भी समय मिले, पढ़िए।

2. डर को दूर भगाएं

डा से डों, लेकिन उसे अपने जीवन में न आने दें।

– एफ़.डी. रूज़वेल्ट

डर नाम की कोई चीज़ दुनिया में नहीं होती। सिर्फ़ डराने वाले विचार होते हैं और काम से भागने की इच्छा होती है। डर को कभी अपने से चिपटने न दें, क्यों यह बड़ा बेरहम होता है।

ग़रीबी का डर : ग़रीबी का डर हमारे आत्म-विश्वास को कम करता है। साधनों की कमी कभी-कभी हमारी सफलता में रूकावट बनती है। ग़रीबी से हमारी उतनी हानि नहीं होती है, जितनी कि ग़रीबी के डर से। इससे आत्म-विश्वास में कमी आती है।

वास्तव में, कभी-कभी ग़रीबी जीवन में हमारी प्रेरणा का ख़ास हिस्सा बन जाती है। यह हमारे लिए एक चुनौती है। इसलिए पैसा कमाओ और अपनी योग्यता साबित करो। ख़ुद को काम में लगाओ और अपनी ग़रीबी का मुकाबला करो।

आलोचना का डर : आलोचना का डर भी हमारे व्यक्तित्व को नुक़सान पहुंचाता है, इसलिए हम आलोचनाओं से डरते हैं। जब आलोचना साफ़-सुथरी हो, हमें उसे सकारात्मक (पॉज़िटिव) रूप से लेना चाहिए। जब वह ग़लत हो, तो इसकी परवाह मत कीजिए। इससे आलोचना करने वालों के नज़रिये का पता चलता है। एक तरह से आलोचना घुमा-फिरा कर की गई आपकी तारीफ़ ही है।

आलोचना (क्रीटीसिज़्म) हमें प्रभावित तो करती ही है

पांचवीं कक्षा में आपके साथी कौन थे? क्या आपको याद है? फिर क्या है, यदि वे आपकी आलोचना करते थे।

दसवीं कक्षा में आपके साथी कौन थे? क्या वे आपको याद हैं? वे आपकी कितनी आलोचना करते थे? क्या वे आपके जीवन को प्रभावित करते हैं?

यदि नहीं, तो आप उनकी आलोचना से परेशान क्यों हैं?

कॉलेज में आपके मित्र कौन थे? उन्होंने आपकी कितनी आलोचना की थी? जब वे आपकी आज की हालत को बदल नहीं सके, तो आप उनकी किसी आलोचना से क्यों प्रभावित होते हैं? पांच वर्ष बाद आज के साथी सिर्फ़ आपकी याददाश्त में रह जाएंगे। जब उन पुराने साथियों द्वारा की गई आलोचना आपको प्रभावित नहीं करती, तो आज की आलोचना कैसे आपका जीवन प्रभावित कर सकती है?

बुरे स्वास्थ्य का डर : बुरे स्वास्थ्य का भी डर रहता है, किन्तु हमें चाहिए कि हम इससे हमारी प्रगति को प्रभावित न होने दें। आप प्रोफ़ेसर हॉकिंग और विल्मा रुडोल्फ़ के बारे में पढ़ ही चुके हैं। जब वे अपनी शारीरिक कमज़ोरियों के बाद भी इतनी बड़ी-बड़ी उपलब्धियां (एचीवमेंट) पा सके हैं, तो आप क्यों नहीं कर सकते?

"यदि मैंने बीस मिनट प्रतिदिन शारीरिक व्यायाम के लिए दिए होते, तो मेरा स्वास्थ्य आज अच्छा होता।" आपको ऐसे दुखद कथनों का सामना न करना पड़े, यानी पछताना न पड़े, इसलिए रोज़ सैर पर जाएं, और योगासन एवं ध्यान करें।

किसी का प्यार खोने का डर : यदि आप किसी से प्यार करते हैं, तो उसके खोने के डर से भी आपका आत्म-विश्वास कम होता है।

घर वालों के बीच प्यार स्थायी होता है। यह हालात के हिसाब से कम या ज़्यादा हो सकता है, पर समाप्त नहीं होता। ख़ून के रिश्ते पक्के होते हैं। इसलिए इस बारे में परेशान होने की ज़रूरत नहीं, परन्तु परिवार में ग़लतफ़हमियां पैदा न होने दें।

किसी लड़के या लड़की के साथ प्रेम-सम्बन्ध अस्थायी ही होते हैं, जब तक कि आप विवाह न कर लें। इसलिए ऐसे सम्बन्धों के बारे में पूरी सावधानी बरतिए।

यदि कोई आपसे प्यार करता है, तो उसके खोने का कोई सवाल ही नहीं उठता और यदि कोई मतलबी है और हालात के अनुसार बदल जाता है, तो ऐसी स्थिति में उसे भुला देना ज़्यादा अच्छा है।

मौत का डर : यह आदतन एवं जन्मजात है। आपको मौत के सच को साहस के साथ स्वीकार करना चाहिए। आज में जीएं और अपने कर्तव्यों को पूरा करें। व्यक्ति की जीवन-दर दिनोदिन बढ़ती जा रही है। मेडिकल साइंस की खोजों ने कई जानलेवा बीमारियों पर विजय पाने में सफलता प्राप्त की है।

हमें असुरक्षा (इनसिक्योरिटी) का भी डर सताता है। हम अपने रोज़गार, सम्बन्धों, स्वास्थ्य एवं ओहदे में स्थायित्व (परमानेंसी) चाहते हैं। हमें इनके खो जाने का डर रहता है। हमारे जीवन में स्थायी कुछ भी नहीं है। सुरक्षाएं सीमित हैं। जब हम इस बात को स्वीकार कर लेते हैं, तो हम रिलैक्स अनुभव करते हैं।

ये सारी बातें आपके आत्म-विश्वास के निर्माण में सहयोगी होंगी।

कुछ करना ही डर को भगा देता हैं। अपने डर को पहचानिए और ख़ुद को काम में लगा दीजिए। निठल्लापन डर को बढ़ाता है और इस तरह हमारा आत्म-विश्वास डगमगा जाता है।

3. आत्म-विश्वास से सोचिए, आत्म-विश्वास से काम कीजिए

यह एक बहुत बड़ा मनोवैज्ञानिक सिद्धान्त (प्रिंसिपल) है। इसे पढ़िए और समझिए, जब तक कि आप इसे पूरी तरह अपने भीतर उतार न लें।

इस सिद्धान्त के अनुसार चलने के लिए निम्न बातों का रोज़ाना अभ्यास कीजिए –

1. हर काम को पूरे उत्साह के साथ कीजिए।
2. हमेशा आगे बैठिए।
3. नज़रें मिलाकर बात कीजिए।
4. जब ज़रूरत हो, तभी बोलिए।
5. खुलकर हंसिए।
6. अपनी ओर से पहल कीजिए।

आपने आत्म-विश्वास के कई आयामों (डाइमेंशन्स) को पढ़ लिया है। अब आप इनके सहारे सफलता की दूसरी सीढ़ी चढ़ेंगे। आत्म-सम्मान, अवचेतन मन और सकारात्मक नज़रिया (पॉज़िटिव ऐटीट्यूड) सफलता प्राप्त करने में सहयोग करते हैं।

7

सकारात्मक नज़रिया रखें और मनचाहे नतीजे पाएं

दो आदमी एक ही खिड़की से झांकते हैं। एक व्यक्ति कीचड़ देखता है, तो दूसरा सितारे।

– फ्रेडरिक लोंगब्रिज

मौजूदा हालत में अपने नज़रिये को चुनना व्यक्ति की सबसे बड़ी आज़ादी है।

– विक्टर फ्रेंकेल

भारत के पूर्व प्रधानमन्त्री मोरारजी देसाई सकारात्मक नजरिया रखते थे। यह इस घटना से देखा जा सकता है। पब्लिक सर्विस कमीशन, मुम्बई को दिए इंटरव्यू में उनसे पूछा गया कि "यदि आपका चयन पी.सी.एस. परीक्षा के लिए नही होता है, तो आप क्या करेंगे?" उन्होंने तुरन्त उत्तर दिया, "तब मैं आई.सी.एस. बनूंगा।"

एक गिलास आधा भरा हुआ है। एक सही एवं सकारात्मक सोच वाला व्यक्ति उसे आधा भरा कहता है और नकारात्मक सोच वाला व्यक्ति उसे आधा ख़ाली कहता है। गिलास में भरे पानी की मात्रा दोनों तरह समान है, परन्तु दोनों व्यक्ति उसे अलग-अलग नजरिये से देखते हैं। पहले व्यक्ति को सन्तोष है कि कम–से–कम गिलास में पानी तो है, जब कि दूसरा व्यक्ति उसके ख़ाली होने से सन्तुष्ट नहीं है।

एक ही खिड़की से झांकने वाले दो व्यक्ति अलग–अलग नजारे देखते हैं। एक आकाश में झिलमिलाते तारों को देखता है, जब कि दूसरा कीचड़ और मच्छरों को देखता है। पहला ख़ूबसूरती का आनन्द ले रहा है, तो दूसरा दुखी हो रहा है।

सफलता प्राप्त करने 'के बावजूद'

पॉज़िटिव नज़रिये वाले लोग सफल होते हैं। जीवन में नकारात्मक सोच ही हमारी अयोग्यता है। शरीर की अंपगता को भी वरदान में बदला जा सकता है।

1. महाकवि सूरदास ने अन्धे होने के बावजूद महाकाव्य की रचना की।
2. अन्धी-बहरी हेलन कीलर नाम की लड़की एक सफल वक्ता और महान लेखक बनी।
3. आइंस्टाइन ने अपना व्यवसाय एक क्लर्क के रूप में शुरू किया था।
4. चौधरी चरणसिंह एक किसान के बेटे थे।
5. अटलबिहारी वाजपेयी एक साधारण स्कूल-मास्टर के बेटे हैं।
6. इन्दिरा गांधी अधिक शिक्षा प्राप्त नहीं कर पाई थीं।
7. लालबहादुर शास्त्री मात्र डेढ़ वर्ष के थे, तब उनके पिता का देहान्त हो गया था और वे ग़रीबी में ही बड़े हुए।
8. एकलव्य को तीर-कमान चलाना सीखने के लिए गुरु भी न मिल सका। जिसको गुरु माना, उन्होंने उसे नीच जाति का बताकर शिक्षा देने से ही मना कर दिया, पर वह सफल हुआ।
9. एकता कपूर सिर्फ़ अभिनेता की बेटी हैं, पर अपने बूते पर बहुत बड़ा प्रोडक्शन हाउस चला रही हैं।

10. डॉ. बी.आर. अम्बेडकर को कक्षा में निम्न जाति का होने के कारण बैठने नहीं दिया जाता था। वह कक्षा से बाहर बैठते थे और स्कूल का चपरासी उन्हें पीने को पानी भी नहीं देता था। वे हमारे भारतीय संविधान के निर्माता बने।

ख़ुद के विकास की कोई सीमा (लिमिट) नहीं है। आपके पास असीमित (अनलिमिटेड) शक्ति है। यह अलग बात है कि आप अपनी नकारात्मक सोच से उसे सीमित कर देते हैं। अपने पर विश्वास कीजिए। आप इसे प्राप्त भी कर सकते हैं। विश्वास में वह ताक़त है कि किसी भी समस्या को हल किया जा सकता है।

क्षमता (केपिसिटी) दिमाग़ की एक दशा है। जैसे ही आप अपने विचारों को सीमित करते हैं, आप दिमाग़ की क्षमता को सीमित कर देते हैं। जब आप नकारात्मक सोचते हैं, तो आप ख़ुद को सीमित करते हैं।

सांप के काटे का इलाज हो सकता है, परन्तु नकारात्मक सोच का कोई इलाज नहीं है। केवल आप ही सकारात्मक नज़रिया बढ़ाकर ख़ुद को बदल सकते हैं। नकारात्मक सोच जीवन के अंधेरे हिस्से को ही देखती है। अपने पर भरोसा न करना सबसे अधिक नुक़सान देने वाला है। यदि आप सोचते हैं कि आप कुछ नहीं कर सकते, तो कोई दूसरा कैसे मदद कर सकता है?

मन के सौंदर्य और चरित्र के बल की समानता
करने वाली दूसरी वस्तु नहीं।

– जेम्स एलन

असफलता सफलता की पहली सीढ़ी है

असफलता एक घटना है, व्यक्ति असफल नहीं होता।

– ज़िग ज़िग्लर

असफलता नाम की कोई चीज़ नहीं है। यह हमारी सोच है, जो हमें असफल बनाती है। आप क्या सोचते हैं, यह बहुत ख़ास है। कोई घटना ख़ास नहीं होती, उस घटना की ब्यौरा ख़ास होता है। इसलिए अपनी व्याख्या को बदलकर असफलताओं को सफलता में बदलें।

बहुत लोग हैं, जो तीसरी और चौथी बार में सफलता प्राप्त करते हैं। हम दूसरी कोशिश में ही थक जाते हैं। समाज और उसकी ग़लत व्यवस्था को गाली देना शुरू कर देते हैं। अब्राहम लिंकन कई कोशिशों में असफल रहे, फिर भी वे अमेरिका के राष्ट्रपति बने।

हो सकता है कि आपको ज़्यादा मेहनत करना पड़े। अपने काम करने के तरीक़े को सुधारना पड़े और यह भी हो सकता है कि आपको अपना लक्ष्य (गोल) ही बदलना पड़े।

याद रखिए, असफलता सफलता की ओर बढ़ा एक क़दम है। बिना कुछ खोए सफलता नहीं मिलती।

जब तक जीवित हो, तब तक जीवन-कला सीखते और आगे बढ़ते हो।

– सेनेका

मैं एक विजेता हूं

- क्योंकि, मैं विजेता की तरह सोचता हूं, विजेता की तरह तैयार होता हूं और विजेता की तरह ही काम करता हूं।
- क्योंकि, मैं दृढ़ इरादे के साथ लक्ष्य को प्राप्त करने के लिए तैयार हूं।
- क्योंकि, मैंने काम की योजना बनाई है और जानता हूं कि समय का अच्छा इस्तेमाल कैसे करना है और मैं हर मौक़े का लाभ उठाता हूं।
- क्योंकि, मेरे विश्वास, मेरी मान्यताएं सही और प्रामाणिक हैं, न कि विरोधाभासी (कंट्राडिक्टरी)। मैं अपने सारे कामों के लिए ख़ुद ज़िम्मेदार हूं। मैं अपनी ज़िम्मेदारियों को जानता हूं। मैं दिमाग़ी तौर पर किसी अन्य वस्तु या व्यक्ति पर निर्भर नहीं हूं।
- क्योंकि, मैं किसी समस्या से नहीं डरता और सभी समस्याओं को चुनौती के रूप में लेता हूं।
- क्योंकि, मैं अपनी आलोचना से नहीं डरता, बल्कि उसको आधार बनाकर अपने व्यवहार की की नाप-तौल करता हूं।
- क्योंकि, मैं जीवन के प्रति उत्साही हूं, वर्तमान का आनन्द लेता हूं और भविष्य के प्रति विश्वास रखता हूं।

जब मुझे असफल होने का पता चलता है, तब मैं कहता हूं –

हे प्रभु, क्या आप इनके द्वारा मुझसे कुछ कहना या करवाना चाहते हैं?

हां, यही कि

- असफलता का अर्थ यह नहीं है कि मैं हार गया हूं, बल्कि इसका अर्थ यह है कि मुझे अभी सफल होना है।
- असफलता का अर्थ यह नहीं कि मैंने कुछ भी प्राप्त नहीं किया, बल्कि इसका अर्थ यह है कि मैंने सबक सीखा है।
- असफलता का अर्थ यह नहीं है कि मैं मूर्ख हूं, बल्कि इसका अर्थ यह है कि मैं प्रयोग (एक्सपेरीमेंट) करने में विश्वास करता हूं।
- असफलता का अर्थ यह नहीं है कि मेरा अपमान हुआ है, बल्कि इसका अर्थ यह है कि मैं कोशिश करने की हिम्मत रखता हूं।
- असफलता का अर्थ यह नहीं है कि मेरे पास कुछ भी नहीं है, बल्कि इसका अर्थ यह है कि मुझे लक्ष्य (गोल) प्राप्त करना है।
- असफलता का अर्थ यह नहीं है कि मैंने समय गंवाया है, बल्कि इसका अर्थ यह है कि मुझे फिर से प्रयत्न करने का मौक़ा मिला है।

- असफलता का अर्थ यह नहीं कि मैं कमतर हूं, बल्कि इसका अर्थ यह है कि मैं बेहतर (परेफ़ेक्ट) हूं।

- असफलता का अर्थ यह नहीं कि मैं कोशिश करना छोड़ दूं, बल्कि इसका अर्थ यह है कि मुझे फिर से भारी मेहनत करना है।

- असफलता का अर्थ यह नहीं कि मैं कभी इसे बना नहीं पाऊंगा, बल्कि इसका अर्थ यह है कि मुझे अधिक धैर्य (पेशेन्स) की ज़रूरत है।

- असफलता का अर्थ यह नहीं कि तुमने मुझे भुला दिया है, बल्कि इसका अर्थ यह है कि तुम्हारे मन में मेरे लिए कोई और प्लान है।

सकारात्मक (पॉज़िटिव) बनने की पांच प्रैक्टिकल तकनीकें

1. ख़ुद को सकारात्मक आत्म-सुझाव दें

आपका नज़रिया (एटीडियूड) आपकी सोच पर निर्भर करता है। इसलिए अपने नकारात्मक नज़रिये को सकारात्मक बनाएं। ये उपाय आपके लिए सहायक होंगे –

इन शब्दों को पूरी तरह छोड़ दीजिए	**इन शब्दों को अपने जीवन का हिस्सा बनाएं**
मैं नहीं कर सकता	मैं कर सकता हूं
यदि	मैं ज़रूर करूंगा
सन्देह	बेहतर की आशा
मैं नहीं सोचता	मैं जानता हूं
मेरे पास समय नहीं	मैं समय निकालूंगा
शायद	निश्चय ही
मुझे डर है कि	मुझे आत्म-विश्वास है
मैं विश्वास नहीं करता	मुझे पूरा विश्वास है
'मैं' का इस्तेमाल कम से कम	'आप' का इस्तेमाल ज़्यादा से ज़्यादा
यह असम्भव है	असम्भव कुछ भी नहीं

2. नकारात्मक नज़रिया छोड़ें

नकारात्मक सोच आपकी महत्त्वाकांक्षा (एम्बीशसनेस), ऊर्जा (एनर्जी) एवं सफलता प्राप्ति की चाह को कमज़ोर बनाती है। इसलिए –

- नकारात्मक सोच छोड़ें

- नकारात्मक बातें छोड़ें
- नकारात्मक व्यवहार (बिहेव) छोड़ें
- नकारात्मक लेखन छोड़ें
- नकारात्मक गतिविधि (एक्टीविटी) छोड़ें
- नकारात्मक सोच वाले मित्रों को छोड़ें
- नकारात्मक आलोचना छोड़ें

3. अपनी सकारात्मक तस्वीर बनाएं

हम जैसे होते हैं, संसार को वैसा ही देखते हैं। 'जाकी रही भावना जैसी, प्रभु मूरत देखी तिन तैसी'। अपने में सकारात्मक नज़रिया पैदा करें। पिछले चैप्टर में बताई गई आत्म-विश्वास बढ़ाने की तकनीक का अभ्यास करें।

ज़िम्मेदारियों को स्वीकार करें	**टालमटोल का नज़रिया छोड़ें**
आशावादी बनिए	डर को भगाएं
आभारी बनें	बेमुख्वत न बनें
प्रसन्न रहें	कड़वे अनुभवों को छोड़ें
अच्छी घटनाएं याद रखें	बुरी घटनाएं भूलें
आध्यात्मिक बनें	बुराइयों का त्याग करें

- अपने अच्छे गुणों की सूची बनाएं
- अपने बुरे गुणों को भूलें
- सफलताओं की सूची बनाएं
- असफलताओं से सबक लें।
- उमंगों को जिएं।
- हताश न हों।
- सबको अपनाएं।
- बुरों को अलग करें।

'मैं सम्पूर्ण (परफ़ेक्ट) नहीं हूं, पर मैं ख़ुद को चाहता हूं,' इस नज़रिये का निर्माण करें। आप निश्चय ही कुछ मायनों में ख़ास हैं। हमेशा अपनी आलोचना न करें।

4. अब यह करें

आप अपना बीता हुआ समय नहीं बदल सकते। भविष्य भी आपके कंट्रोल में नहीं है। इसलिए बीते समय के लिए पछताना बेकार है, भविष्य की चिन्ता भी बेकार है। भविष्य की चिन्ता करने से हालात बदल नहीं जाते। हां, वर्तमान आपके पास है। इसे संवारें, लक्ष्य के अनुसार काम करते जाएं, इसी में बेहतरी है।

5. अपनी तुलना केवल अपने साथ कीजिए

दूसरों से होड़ करना एक चीज़ है, परन्तु दूसरों से जलन करना ठीक नहीं है। आप ख़ुद से ही होड़ कीजिए। मैं अपने पुत्र की इस वर्ष

की मार्क-शीट की तुलना उसके पिछले वर्ष की मार्क-शीट से करता हूं कि इस वर्ष उसने कितनी तरक्क़ी की?

मैं पांव में जूते नहीं होने से निराश हूं, लेकिन तभी मैं गली के छोर पर ऐसे व्यक्ति को देखता हूं, जिसके पांव ही नहीं हैं।

8

नेतृत्व में प्रश्नों की शक्ति

वह जो प्रश्नों को पूछता है, उत्तरों को
नहीं टाल सकता।

– केमरूनी कहावत

बीते हुए का दुख और कुर्बानी आने वाले कल के
नेतृत्व के लिए हर हालत में पासपोर्ट नहीं देता।

– सुभाषचन्द्र बोस

सफलता में प्रश्नों की भूमिका

सेब धरती पर क्यों गिरते हैं? इस ख़ास प्रश्न ने न्यूटन को महान वैज्ञानिक (सांइटिस्ट) बना दिया, नहीं तो न्यूटन नहीं होता।

सांइस एवं दर्शन (फ़्लोसफ़ी) का वजूद ही हमारे भीतर से उठे प्रश्नों से है।

बुद्ध ने अपने प्रश्नों का उत्तर पाने के लिए घर छोड़ दिया। जुल्मों से मुक्ति कैसे पाएं? यह प्रश्न आपको उत्तर ढूंढने को प्रेरित करता है।

घटनाओं से हमारे जीवन के रूप का निर्माण नहीं होता। इससे तो सिर्फ़ पता चलता है कि हम क्या महसूस करते हैं एवं किस प्रकार का बर्ताव करते हैं, बल्कि यह कहना और ठीक होगा कि हम अपने जीवन के अनुभवों को किस प्रकार समझाते हैं और उससे क्या नतीजे निकालते हैं। व्याख्या जीवन बनाती है। कुछ समझाना एवं नतीजे, प्रश्नों पर आधारित होते हैं, जो हम ख़ुद से पूछते हैं। किसी भीं घटना का अर्थ, जो हम लगाते हैं, हमारे नज़रिये को तय करता है।

मेरा अनुभव यह है कि सोचना ख़ुद से प्रश्न पूछना और उनके उत्तर देने की क्रिया-भर है।

प्रश्न आपके मन को दिखलाते हैं। साथ ही आपकी विचार की क्रिया एवं विचार के स्तर के बारे में भी बताते हैं। आपके हालात प्रश्न होते हैं। प्रश्न बुनियाद होते हैं। ये हमारे विचारों को दिखलाते हैं। ये हमारे मानसिक स्तर को भी दिखलाते हैं। प्रश्न आपके कार्यों एवं आपकी समझ को दिखलाते हैं।

सफलता और प्रश्नों के बीच सम्बन्ध

अपनी समस्या को जानें और उनके बारे में सही प्रश्न पूछें। आप उनका समाधान ख़ुद ही पा लेंगे। कभी-कभी प्रश्न में ही उसका हल छिपा होता है। यह समस्या से दूर नहीं होता। हल तो समस्या के दिल में छिपा होता है। प्रश्न रास्ता दिखाने वाली मशीन की तरह होते हैं। वे आपको जीने का मतलब बताते हैं। वे जीवन में रस पैदा करते हैं।

कभी-कभी कुछ प्रश्नों में 'क्यों' हमें कमज़ोर बनाने वाला होता है। इन प्रश्नों के उत्तर आपके साहस को कम करते हैं। आपका मन बहुत शक्तिशाली होता है, इसलिए वह आपकी असफलता या समस्याओं के कारणों का पता लगा लेता है। इनमें से कई कारण ऐसे होते हैं, जो लम्बे समय तक बने रहते हैं और भविष्य की असफलताओं में हमें बेक़सूर साबित करते रहते हैं। जब आप ख़ुद से पूछते हैं कि मैं बदक़िस्मत क्यों हूं, क्यों ईश्वर मेरे ख़िलाफ है या मेरे से नाराज़ है, क्यों सारी दुनिया मेरे विरोध में है, तब आपकी सारी भावनाएं एवं व्यवहार आपकी सफलता के ख़िलाफ़ होंगे। इसलिए आप ख़ुद से ऐसे नकारात्मक प्रश्न न पूछें। प्रश्न बीते समय से जुड़े हुए न हों। वे अच्छे कामों के बारे में हों, जो आप अब करने वाले हैं या भविष्य में करने वाले हैं।

'प्रश्न' कैसे काम करते हैं?

एक पुरानी लेकिन सटीक कहावत है कि 'जो व्यक्ति प्रश्न पूछता है, उत्तरों से बच नहीं सकता।' एक बार यदि आपके मन में सफलता की शक्ति को प्राप्त करने वाले प्रश्न उठते हैं, समझिए आपका आधा काम

पूरा हो गया। अब आपका मन उस प्रश्न से जुड़ जाएगा एवं आपका दिमाग़ उसका उत्तर खोजेगा। हम कहां खोज रहे हैं और इसलिए हम कैसा महसूस करते हैं, इसको 'प्रश्न' फ़ौरन बदल देते हैं।

आप होश के साथ कुछ बातों पर अपना ध्यान लगाते हैं, परन्तु आपका अवचेतन मन सारी वस्तुओं या बातों पर ध्यान देता है। दिमाग़ अपना समय अलग-अलग घटनाओं एवं हालात की पहल तय करने पर ख़र्च करता है। यह निर्देश देता है कि किस पर ख़ास ध्यान देना है। साधारण या अनचाही और नापसन्द बातों पर कम ध्यान दें।

यदि आप उदास हैं, तो स्पष्ट है कि आपका मन सारी बुरी बातों से जुड़ा है और उसने अच्छी बातों को एक तरफ़ कर दिया है। बातचीत करते हुए जब भी आप अच्छा महसूस करते हैं, तो वह इसलिए कि आप उस समय अच्छी बातों को याद करते होते हैं।

प्रश्न व्यक्ति के होश की लेज़र हैं। वह आपके मन को भेद कर यह तय करता है कि आप क्या महसूस करते हैं और कैसा काम करते हैं।

नकारात्मक प्रश्नों ने मेरी मां को किस प्रकार हानि पहुंचाई

हमारे जीवन के अनुभवों का आधार हमारी भावनाएं हैं और नकारात्मक नज़रिये से नकारात्मक प्रश्न खड़े होते हैं।

मेरी मां चुन्नी देवी ख़ुद से हमेशा नकारात्मक प्रश्न पूछा करती थीं। आमतौर पर वे ख़ुद से निम्न प्रश्न किया करती थीं –

- मैं अभागी क्यों हूं और किसने मुझे ऐसा बनाया?

बदक़िस्मती एक काल्पनिक नज़रिया है। कोई नहीं जानता किसने आपका भाग्य बनाया? इसलिए ऐसे सवालों का कोई मतलब नहीं है।

उन्हें पूछना चाहिए –

- मैं अपना दुर्भाग्य बदलने के लिए क्या करूं?
- मुझे कभी ख़ुशियां नहीं मिलतीं और इसके लिए कौन ज़िम्मेदार है ?

प्रसन्नता या ख़ुशी हमारे नज़रिये का परिणाम है। अपना नज़रिया आप ख़ुद विकसित करते हैं, कोई अन्य नहीं। इसलिए ऐसे प्रश्नों का कोई मतलब नहीं है।

इसके बदले उन्हें पूछना चाहिए –

- अब मैं ख़ुशियां प्राप्त करने के लिए क्या करूं?
- मेरी कोई नहीं सुनता। लोग मेरी क्यों नहीं सुनते?

जब आपकी बात कोई सुनना पसन्द नहीं करता, तो स्पष्ट है कि आपको बात करने की कला नहीं आती। दूसरे, आप लोगों को नहीं बदल सकते।

आपको ख़ुद को ही बदलना होगा। इसलिए पूछना चाहिए –

- मैं कैसे बात करूं कि लोगों को प्रभावित कर सकूं?
- मैं क्यों नहीं कुछ पा सकती?

यह संबंधित विचार है, यानी दूसरे पर निर्भर विचार, हर व्यक्ति जो सोचता है, उसे प्राप्त नहीं होता।

अपनी असलियत को ढूंढें और पूछें वह क्या है, जिसे मैं अब प्राप्त कर सकती हूं और जो मुझे सन्तुष्ट कर सके?

- मेरा जीवन बीत रहा है। किसी को मेरी परवाह नहीं है। हर वस्तु और हर व्यक्ति मेरा दुश्मन है। सबके सब मतलबी हैं। अब मैं क्या करूं?

यह सच है कि सभी का जीवन बीत रहा है। एक व्यक्ति एक घंटा जीता है और दूसरा सौ वर्षों तक। क्या उसे लेकर कोई परेशान नहीं होता? कुछ मिलने वाले, रिश्तेदार और यहां तक कि उसका पालतू जानवर तक परवाह करते होंगे। ऐसा हो नहीं सकता।

यह एक जटिल प्रश्न है, जो आम भावनाओं पर आधारित है।

आम हो जाने से गड़बड़ पैदा होती है। अतः हर बात को आम करने से बचें।

इस मुश्किल प्रश्न के बदले उनसे पूछना चाहिए –

- मैं दूसरों के लिए क्या कर सकती हूं?

- मुझे कई लोगों ने धोखा दिया है। मैं उन्हें देख लूंगी। अब मैं उन्हें बताऊंगी कि मैं क्या हूं?

दूसरों को माफ़ करने की ज़रूरत है। जीवन जीने का सही तरीक़ा बदले की भावना नहीं है। सही बदला है, सफल होना।

इसके बदले उन्हें पूछना चाहिए –

- दुश्मन को माफ़ कैसे करना चाहिए? इन धोखों से मैं क्या सीख सकती हूं?

- मैं औरत क्यों हूं?

किसी भी प्रकार से आप ऐसा सोचने की हालत में नहीं हैं और औरत होना आपके हाथ की बात नहीं है। बहुत सारी शक्तियां और हालात हैं, जो इसके लिए ज़िम्मेदार हैं कि आप औरत हैं। इसलिए ऐसे प्रश्नों का कोई औचित्य नहीं है।

केवल एक औरत ही 'जीवन' को जन्म दे सकती है। किसी विद्वान ने कहा है, "कोई भी पुरुष औरत की बराबरी नहीं कर सकता।"

इसके बदले उन्हें पूछना चाहिए –

- क्या कोई किसी को इतना प्यार और तवज्जो दे सकता है, जितना मैंने अपने बच्चों को दिया है?

इन प्रश्नों के उत्तर बुज़दिल बनाने वाले थे। वे अपने जीवन को नहीं बदल सकीं। उन्होंने कभी भी यह स्वीकार नहीं किया कि उनकी इस दयनीय स्थिति के लिए वह ख़ुद ज़िम्मेदार हैं। वह हमेशा दूसरों पर आरोप लगाया करती थीं।

उन्होंने एक दयनीय जीवन जिया। उन्हें शक्ति उत्पन्न करने वाले प्रश्न पूछने चाहिए थे, फिर सचमुच उनका जीवन बदल जाता।

हल देने वाले प्रश्न

यदि आप किसी समस्या के शिकार हैं, तो आप ख़ुद से कुछ ऐसे प्रश्न पूछें, जो आपको अपनी समस्या को सुलझाने में सहयोग करें –

1. समस्या क्या है?
2. मेरे रास्ते की बाधाएं क्या हैं?
3. मैं इनके हल के लिए क्या कर रहा हूं?
4. इनसे निबटने के लिए मुझे और क्या करना चाहिए?
5. जब मैं इनके हल के लिए ज़रूरी तरीक़े करता हूं, तो इनकी कार्यवाही का आनन्द कैसे लूं?
6. कुछ भी करने के लिए हमेशा तैयार हूं।

ख़ुद को प्रश्नों का गिफ़्ट दें

अपनी सबसे बड़ी सहायता यही है कि आप ख़ुद को प्रश्नों का गिफ़्ट दें। जब भी आप ख़ाली हों, ख़ुद से निम्नलिखित प्रश्न पूछें। ये आपको हल खोजने की शक्ति देंगे –

- मैं सफलता क्यों नहीं पा सकता? (आपके पास इसके अनेक जबाव हैं : बेरोज़गारी, भ्रष्टाचार एवं रुपए-पैसे की तंगी की समस्या आदि, परन्तु इन सबके बावजूद आप सफलता पा सकते हैं)।

- अन्य लोगों ने सफल होने के लिए क्या जतन किए और अब मैं सफल होने के लिए क्या कर सकता हूं?

- क्या मेरे पास लक्ष्य है, जो मुझे शक्ति देता है? (मदद के लिए पाठ 3 का अध्ययन करें।)

- क्या मैं खुलकर हंसता हूं? यदि नहीं, तो हंसने के लिए मैं क्या करूं?

- और अधिक कमाने के लिए मैं क्या करूं?

सुबह के लिए प्रश्न

सवेरे जैसे ही आप उठें, ख़ुद से ये प्रश्न पूछें। यह प्रश्नावली आपकी सफलता प्राप्ति की शक्ति को बढ़ाएगी। एक क्षण इनके उत्तर देने की कोशिश कीजिए। कम-से-कम दो प्रश्न रोज़ाना ज़रूर पूछें –

- अब और सफलता प्राप्ति के लिए मैं क्या करूं?
- अपने लक्ष्य को पाने के लिए मैं क्या करूं?
- अपनी धारणाओं को बदलने के लिए मैं क्या करूं?
- अपनी आदतें बदलने के लिए मैं क्या करूं?
- अपने आत्म-विश्वास (कॉन्फ़ीडेंस) एवं इच्छा-शक्ति (विल पॉवर) को बढ़ाने के लिए मैं क्या करूं?
- अपनी योग्यता एवं क्षमता (केपीसिटी) बढ़ाने के लिए मैं क्या करूं?
- सफलता-प्राप्त करने की इन तकनीकों का जीवन में मैं कैसे इस्तेमाल करूं?

शाम के लिए प्रश्न

शाम को नीचे लिखे प्रश्न पूछें। यह प्रश्नावली आपकी शक्ति को बढ़ाएगी –

- मैंने आज क्या किया?
- मैंने आज क्या जाना या सीखा?
- आज मेरी 'लाइफ़ स्टाइल' में क्या जुड़ा?
- आज का इस्तेमाल भविष्य के लिए कैसे किया जाए?

आपने क्या सीखा?

1. अवचेतन मन की शक्ति के इस्तेमाल के कौन-से 4 उपाय हैं?
2. सफलता और प्रेरणा के बारे में 10 आदर्श वाक्य बताएं?
3. शक्ति देने वाली प्रेरणादायक धारणाएं क्या हैं?
4. धारणाओं को बदलने के प्रैक्टिकल तरीक़े क्या हैं?
5. आत्म-विश्वास बढ़ाने के 3 प्रैक्टिकल तरीक़े क्या हैं?
6. पॉज़िटिव बनने की तकनीकों के बारे में बताएं?
7. अपनी केपिसिटी यानी क्षमता को कैसे बढ़ाएंगे?

चौथा खंड

स्व-प्रबन्धन

(सेल्फ़ मैनेजमेंट)

वास्तव में सेल्फ़ मैंनेजमेंट व्यक्ति की सफलता और उन्नति के लिए एक कारगर औज़ार है, जिसे अपने हिसाब से पूरी तरह ढाल लेने पर सकारात्मक (पॉजिटिव) रुझान स्वयं ही विकसित होने लगता है और लक्ष्य (गोल) बेधने में आसानी हो जाती है।

9

समय (टाइम) बहुत क़ीमती है

अगर मैं एक मिनट ज़ाया करता हूं, तो मैं एक घंटा गंवा देता हूं, अगर मैं एक घंटा ज़ाया करता हूं, तो मैं एक दिन गंवा देता हूं, अगर मैं एक दिन ज़ाया करता हूं, तो मैं एक पूरी ज़िन्दगी गंवा देता हूं।

– ए. सोल्जेनित्सिन

समय का सही इस्तेमाल करना समय को बचाना है।

– बेकन

समय (टाइम) का महत्त्व

समय को खोना हत्या नहीं आत्महत्या है।

– प्राचीन कहावत

आप पैसा कमा सकते हैं, तो कुछ भी ठोस एवं कई अन्य वस्तुएं या संबंध पा सकते हैं, किन्तु आप समय को नहीं कमा सकते। समय बेशक़ीमती है। जो समय बीत गया, वह वापस नहीं आता। यह एक बहुत बड़ा सच है।

वर्ष, महीने, दिन, घंटे, पल समय के आयाम (डायमेंशंस) हैं। ये हम हैं, जो बदल रहे हैं। समय नहीं बदलता।

समय सफलता का वह भंडार है, जो दोहराया नहीं जा सकता, इसलिए हमें पूरी सावधानी से समय के इस्तेमाल एवं महत्त्व को समझना चाहिए।

आप प्रतिदिन 86,400 सेकंड का चेक पाते हैं, इसका इस्तेमाल कर इसे भुनाइए, वरना यह चेक हमेशा के लिए बाउंस हो जाएगा। आप इसे दूसरी बार पेश नहीं कर सकते।

समय एवं धारा किसी की प्रतीक्षा नहीं करते। समय को आगे बढ़कर अपने अधिकार में कर लीजिए।

जो लोग अपनी नज़र घड़ी पर रखते हैं, जीवन में कभी असफल नहीं होते।

समय की क़ीमत

एक वर्ष की क़ीमत उस लड़के से पूछिए, जो परीक्षा में फेल हो गया है और एक वर्ष पिछड़ गया है। वह महसूस करता है एक वर्ष की क़ीमत।

एक महीने की क़ीमत उस महिला से पूछिए, जिसने बच्चे को एक महीने देरी से या जल्दी जन्म दिया है। वह जानती है, एक महीने की क़ीमत।

एक दिन की क़ीमत दिहाड़ी मजदूर से पूछिए, जिसे यदि एक दिन काम न मिले, तो रोटी का सवाल खड़ा हो जाता है। वह जानता है एक दिन की क़ीमत।

एक घंटे की क़ीमत उस लड़के से पूछिए, जो अपनी प्रेमिका की प्रतीक्षा कर रहा होता है और वह एक घंटा देर से आती है। वह जानता है कि उस एक घंटे की क़ीमत क्या है!

एक मिनट की क़ीमत उस यात्री से पूछिए, जिसकी बस या रेल एक मिनट देर से पहुंचने की वजह से निकल गई है। यात्रा रद्द होने पर उसे एक मिनट की क़ीमत समझ में आती है।

एक सेकंड की क़ीमत उससे पूछिए, जो एक सेकंड की देर होने से किसी हादसे से बच गया है, वह बताएगा एक सेकंड की कितनी क़ीमत होती है।

एक माइक्रो सेकंड की क़ीमत एक अन्तरिक्ष वैज्ञानिक (स्पेस साइंटिस्ट) से पूछिए, जो अंतरिक्ष (स्पेस) की खोज में लगा है, जिसकी एक माइक्रो सेकंड की गलत गिनती से खोज मिशन ही फेल हो जाता है। वह समझाएगा एक माइक्रो सेकंड की क़ीमत।

समय–प्रबन्धन (टाइम मैनेजमेंट) क्या है?

हम अपना समय कैसे गुज़ारें करें, इसकी योजना बनाने (प्लानिंग) को ही समय-प्रबन्धन कहते हैं। समय प्रबन्धन, यानी समय का पूरा और सही इस्तेमाल करने की कुशलता (स्किल)।

चार्ल्स श्वाब अमेरिका में अपने समय का सबसे अधिक भुगतान पाने वाला चीफ़ एक्जीक्यूटिव ऑफ़ीसर (CEO) था। वह अपने काम में बहुत अधिक लगा रहता था, पर उसका काम व्यवस्थित (मैनेंज्ड) नहीं था। इस समस्या के हल के लिए उसने एक समय–विशेषज्ञ (टाइम एक्सपर्ट) से पता किया।

उस विशेषज्ञ (एक्सपर्ट) ने एक सप्ताह उसके साथ रहने के बाद अपनी राय दी। सारे कामों को उनकी प्राथमिकता (प्राइयोरिटी) के अनुसार व्यवस्थित करें। प्राथमिकता तय करने के लिए ए1, ऐ2, ए3, बी1, बी2, बी3 जैसे शब्द हर काम के आगे लिखें। 1, 2, 3, सबसे ख़ास काम होंगे। इन्हें पहले और सबसे अच्छे ढंग से करें। इसी प्रकार आगे के दूसरे कामों को पूरा करें।

चार्ल्स ने इसी तकनीक का इस्तेमाल किया और कुछ ही दिनों में अपने कार्यों को व्यवस्थित करने में सफल हो गया। उसने 25,000 डॉलर का भुगतान एक्सपर्ट को इस फ़ार्मूले और उसकी सलाह के लिए दिया।

आप भी इस फ़ार्मूले का इस्तेमाल कर फ़ायदा उठा सकते हैं। यदि आप अपने कामों को प्राथमिकता से, मौजूद समय के अनुसार प्लान कर सकते हैं, तो आप कम समय में अधिक कामों को निबटा सकेंगे। वास्तव में सफल-प्रबन्धन और कुछ नहीं है, यह समय-प्रबन्धन का ही दूसरा नाम है। यह कहा जा सकता है कि समय-प्रबन्धन ही जीवन-प्रबन्धन है।

एक व्यक्ति के पास काफ़ी समय होता है, यदि वह उसका ठीक से इस्तेमाल करे।

– गोइथे

भली प्रकार नियोजित (प्लांड) समय अच्छी तरह से नियोजित दिमाग़ को दिखलाता है। यदि हमें समय का इस्तेमाल करना आता है, तो हमारे पास हमेशा काफ़ी समय होता है।

क्या आपको हमेशा समय की कमी रहती है?

प्रत्येक व्यक्ति को समय बराबर मिलता है, परन्तु प्रत्येक को उसका इस्तेमाल ढंग से करना चाहिए।

– पीटर ड्रकर

समय की कमी की शिकायत वे लोग करते हैं, जो समय का हमेशा ही ग़लत इस्तेमाल करते हैं। जीन ब्रूयेर के इस कथन से आप इस बात को समझ सकते हैं।

समय के बजट की ग़ैरहाज़री में ही हमें ऐसी कठिनाई आती है। समय का बजट फ़ाइनेंन्शियल लेखे-जोखे जैसा ही है। समय के सम्बन्ध में प्रोग्राम तय करना ही 'समय का लेखा-जोखा' है। समय को अपने कंट्रोल में रखने के लिए आप समय के लेखे-जोखे को प्लान कीजिए।

जब हम अपने समय के लेखे-जोखे के अनुसार काम की योजना नहीं बनाते हैं, तो हमें कम महत्त्व के काम को भी अधिक समय देना पड़ता है।

अपने क़ीमती समय का सही इस्तेमाल कैसे करें?

यह ख़ास नहीं है कि आप कितने समय का इस्तेमाल करते हैं, ख़ास यह है कि आप समय का इस्तेमाल कितनी समझदारी से करते हैं।

जैसे आप अपने कमाए हुए धन का प्रोग्राम ख़र्च की नज़र से बनाते हैं, वैसे ही समय की भी योजना बनाएं। समय पैसे से ज़्यादा क़ीमती है। प्रत्येक व्यक्ति के पास प्रतिदिन चौबीस घंटे का समय होता है।

पहले आप समय को बड़े हिस्सों में बांटिए।

बुनियादी समय

समय, जो आप सोने में, खाने में, नहाने और टॉयलेट में ख़र्च करते हैं।

काम का समय

समय, जो आप अपने रोज़मर्रा के काम, जैसे नौकरी, कारोबार या ऐसे ही अन्य काम के लिए लगाते हैं।

सामाजिक समय

मित्रों, सामाजिक रिश्तों, धार्मिक कार्यक्रमों आदि में लगने वाला समय। इस सबमें भी समय लगाना ही पड़ता है।

प्रोजेक्ट समय

योजनाओं, जैसे ख़ुद का विकास, शौक़ एवं बेहतरी के लिए किए जाने वाली कोशिशों पर दिया जाने वाला समय।

इसके बाद ऊपर बताए गए चारों हिस्सों पर फिर से विचार कीजिए। यह तय करें कि आप कहां-कहां समय की बचत कर सकते हैं और उसे कहां ख़र्च करना है। इस के लिए सात दिन तक अपनी प्रतिदिन की गतिविधि की जांच करें। यह अभ्यास (एक्सरसाइज़) आपको अपना समय बचाने में सहयोग करता है।

बहुत-से लोगों का विश्वास है कि कुछ क्षण यदि योजना बनाने में लगाए जाएं, तो योजना पूरी होने में तीन-चार घंटे की बचत होती है।

सोने से पहले अपने समय-बजट को ज़रूर देखें और पता लगाएं कि आप कहां भूल कर रहे हैं। दूसरे दिन इसे सुधारने की कोशिश करें। केवल पांच मिनट प्रतिदिन समय-बजट पर लगाइए।

समय का प्रबन्धन करना, यानी ख़ुद को अनुशासित (डिसीप्लिंड) करना। असरदार समय-प्रबन्धन ही असरदार व्यक्तिगत अनुशासन होता है।

जो अपने समय का सबसे ज़्यादा दुरुपयोग करते हैं, वे ही समय की कमी की सबसे ज़्यादा शिकायत करते हैं।

– बूपर

सक्सेस सिस्टम

टाइम लॉग

Week of ______							
Hour	Sun.	Mon.	Tue.	Wed.	Thurs.	Fri.	Sat.
7.00							
8.00							
9.00							
10.00							
11.00							
12.00							
1.00							
2.00							
3.00							
4.00							
5.00							
6.00							
7.00							
8.00							
9.00							
10.00							
11.00							
12.00							

जर्मन दार्शनिक (फ्लॉसफ़र) गोइथे ने एक सौ साल पहले लिखा था –

जानकारी होना काफ़ी नहीं है, बल्कि हम उसे काम में लाएं। इच्छा होना काफ़ी नहीं है, बल्कि हम वैसे काम करें।

समय बचाने के ग्यारह प्रैक्टिकल तरीक़े

लोग समय ख़राब नहीं करते हैं, वे उसे उन कामों पर ख़र्च करते हैं, जो उन्हें नहीं करने चाहिए।

– प्रमोद बत्रा

आप समय को पैदा नहीं कर सकते, परन्तु इसे बचा अवश्य ही सकते हैं।

1. समय का बजट बनाएं

डायरी या समय-प्रबन्धक (टाइम प्लानर) का इस्तेमाल करें। काम की प्राथमिकताएं तय करें और उन्हें लिखें। रोज़ सुबह पांच मिनट अपने दिन-भर के कामों को करने में लगाएं।

2. अपने एक मिनट की क़ीमत याद रखिए

आप अपने एक मिनट समय की क़ीमत पता लगाइए। मान लीजिए, आप 10,000 रुपए प्रतिमाह कमा रहे हैं। या यह कि आप प्रतिमाह 10,000 रुपए कमाना चाहते हैं, तो आपके एक मिनट की क़ीमत होगी –

$$\frac{10{,}000}{23 \text{ वर्किंग डेज़} \times 7 \text{ घंटे प्रतिदिन} \times 60}$$

= 1.03 रुपए प्रति मिनट।

इसलिए 10,000 रुपए की आय पर आपके प्रति मिनट का मूल्य 10 पैसे बढ़ जाता है। जब आप किसी भिखारी को एक रुपया नहीं देते हैं, तो आप किसी व्यक्ति पर 10 मिनट क्यों ख़र्च करते हैं। क्या आपके दस मिनट दस रुपए के बराबर नहीं हैं? एक मिनट का मूल्य याद रखिए। इस प्रकार की लगातार चेतावनी आपको समय का इस्तेमाल पैसों की तरह करने के लिए प्रेरित करेगी।

3. यात्रा के समय का इस्तेमाल

अपनी रुचि की पुस्तक हमेशा अपने साथ रखें। एक स्लिप पैड और पेन अपने प्लानों को लिखने के लिए साथ रखें।

यात्रा के दौरान अपनी आंखें बन्द रखें और तनाव से मुक्त रहें। साथ के यात्री से गपशप एवं सड़क को निहारना आपमें थकान और ऊब पैदा करेगा।

आप यात्रा में 'वॉक-मैन' का इस्तेमाल कर सकते हैं। अपनी पसन्द का संगीत (म्यूज़िक) अथवा अपनी पसन्द के भाषण (स्पीच) सुनें।

4. तेज़ी से पढ़ें और अपनी याददाश्त को बढ़ाएं।

पढ़ते समय तेज़ रफ़्तार से पढ़ें, लेकिन इतनी तेज़ भी नहीं कि पढ़ी हुई बातें आपके दिमाग़ में ही न रहें। उन्हें याद रखने की कोशिश करें।

5. बेकार में बिस्तर में पड़े रहना बन्द करें

ज्यों ही आपकी नींद खुले, बिस्तर से उठ जाएं। दिमाग़ में विचारों या ख़यालों के उमड़ने-घुमड़ने से आपमें तनाव पैदा हो सकता है। ज़्यादा नींद की तुलना में गहरी नींद ज़्यादा ख़ास है। नेपोलियन हमेशा जल्दी जागता था। प्रतिदिन एक घंटा कम सोना आपकी उम्र में पांच वर्ष की बढ़ोत्तरी करता है।

6. अपने मन और शरीर को ठीक बनाए रखें

अपना समय परेशानियों और पछतावों में न गवाएं। तंदुरुदस्त न होना आपका समय ख़राब करता है, इसलिए अपनी तंदुरुस्ती के बारे में सावधान रहिए। तनाव से मुक्त रहिए, इससे आपका मन शान्त होता है और वह ठीक से सोच सकने में कामयाब रहता है।

7. अपनी टेबल साफ़ रखें

दिन पूरा होने के साथ ही अपने काग़ज़ों एवं कामों को निबटा दीजिए। इससे आप में फैसला लेने की शक्ति का विकास होगा और काम व्यवस्थित होगा। टेबल साफ़ रखने की नीति आपके समय की बचत करेगी। समय को बचाना आगे बढ़ने में पूरी तरह सहायक होगा।

8. दूसरों की दख़लान्दाज़ी से बचें

अपने बेहतर तीन घंटों के समय को चुनें। मेरे बेहतर तीन घंटे सुबह 6 से 9 बजे का समय है, जब मैं अपने लेखन का पूरा आनन्द लेता हूं। इस समय मैं किसी टेलीफ़ोन पर ध्यान नहीं देता और न ही किसी मेहमान से मिलता हूं। आपका यह बेहतर समय शाम का भी हो सकता है। इन तीन घंटों का इस्तेमाल अपने लाभ के लिए कीजिए, अपनी सफलता के लिए कीजिए।

9. बातचीत कम कीजिए

पूरे ध्यान से सुनिए। 'न' कहना सीखिए। कई बार इससे आपका समय बच जाएगा। बैठकर बात करने के बजाय ख़ुद खड़े होकर बात करें। बेकार की और ग़ैर-ज़रूरी चर्चाओं को टालना सीखिए। उनसे शारीरिक संकेतों (बॉडी लैंग्वेज़) का इस्तेमाल करना सीखिए, जिससे लगे कि बातचीत समाप्त हो गई है।

10. समय-प्रबन्धन की शिक्षा

अपने परिवारजनों, मित्रों, अपने साथ काम करने वाले लोगों को समय-प्रबन्धन की कला सिखाइए, ताकि वे फिर कभी आपका समय ख़राब न करें।

11. समय ख़राब करने वालों से सावधान रहिए

आमतौर पर नीचे लिखे कारणों से समय बरबाद होता है –

- 'न' नहीं कर पाने की मजबूरी

- फ़ैसला नहीं कर पाना
- उद्देश्य, प्राथमिकता और रोज़मर्रा की प्लान की कमी
- आत्म-अनुशासन (सेल्फ़ डिसीप्लिन) की कमी
- बातचीत की कमी, वैचारिक लेन-देन की कमी।
- कुछ ज़रूरी सामाजिक निमंत्रण
- गप-शप करना
- कभी-कभी चाय के लिए ऑफ़र
- टेलीफ़ोन का ख़लल
- मिलने-जुलने वालों का जोर
- बहुत ज़्यादा और बिना योजना के टी.वी. देखना।

हम जीवन कैसे बिताते हैं?

मान लीजिए एक व्यक्ति सत्तर साल तक जीवित रहता है। तब वह अपना जीवन इस प्रकार व्यतीत करता है –

25 साल	सोने में
12 साल	काम में
8 साल	पढ़ाई में
7 साल	यात्रा में

6 साल	बीमारी और आराम में
5 साल	बातचीत में
4 साल	खाने में
3 साल	ऊपर के कामों के लिए तैयार होने एवं इंतज़ार करने में

आप केवल बारह साल अपने कार्य-व्यापार करते हैं। सोचिए, आप समय का इस्तेमाल कैसे कर रहे हैं। इस सम्बन्ध में सजग होने के लिए तीन प्रश्न ख़ुद से पूछिए।

- आज और अभी से मेरे समय का बेहतर इस्तेमाल क्या है?
- क्या अभी मेरे समय का यही बेहतर इस्तेमाल है?
- मैं अपने लक्ष्य (गोल) को प्राप्त करने के लिए समय का इस्तेमाल कैसे कर सकता हूं?

10

कार्य–योजना (एक्शन प्लान) बनाकर अपना लक्ष्य प्राप्त करें

हमारी पढ़ाई का सबसे ख़ास सबक यह सीखना है कि जो काम जब किया जाना है, तब ही उसे करना चाहिए, चाहे हम उसे पसन्द करें या नहीं।

– थॉमस हक्सले

दिन-भर के कामों की सुबह योजना बना लेना चाहिए। कल का काम आज करना चाहिए। जो काम दोपहर बाद करना है, उसे दोपहर से पहले कर लेना चाहिए।

– आचार्य चाणक्य

सफलता के लिए काम का प्लान बनाना ज़रूरी है। काम का प्लान हमारे काम की क्रिया एवं प्लान, दोनों को तय करती है। काम के प्लान में किस कारीगिरी या तरीक़े या तरक़ीब को उद्देश्य की प्राप्ति के लिए चुना जाए, यह तय होता है। आपकी समस्याएं क्या हैं और आप उनका सामना कैसे करेंगे? उन समस्याओं के हल के लिए आप ख़ुद को किस प्रकार तैयार करें?

प्लान वास्तव में काम का प्रबन्धन है। जैसे हम समय का प्रबन्धन करते हैं, ठीक वैसे ही एक व्यक्ति को बहुत सारे कामों की सीरीज़ को प्राथमिकता के आधार पर तय करना होता है। जब आप अपना लक्ष्य तय कर लेते हैं, तो आप आगे उसे छोटे-छोटे लक्ष्यों में बांट देते हैं। इन लक्ष्यों को पूरा करने के लिए आपको काम का प्लान बनाना ज़रूरी है। सही प्लान से काम का ढीलापन दूर होता है।

आज मुझे कौन-सा काम पूरा करना है? प्रोग्राम का विस्तार से प्लान बनाएं और उसे पूरा करने की समय-सीमा (डेडलाइन) तय करें। अपने काम का प्लान होशियारी से बनाइए, घंटे से घंटे, दिन से दिन, और महीने से महीने में।

रोज़मर्रा के कामों की प्राथमिकता

आपके जीवन का भविष्य

रोज़मर्रा के कार्यकलापों में छिपा है।

– माइक मर्डोक

यहां दिए गए वीकली प्लानर का इस्तेमाल अपने उद्देश्य की प्राप्ति के लिए कीजिए।

वीकली प्लानर लागू करने के निर्देश

उन सारे कामों की लिस्ट बनाएं, जो आपको आज पूरे करने हैं। साथ ही, वे काम भी, जिन्हें आज ही (अर्जेंट) पूरा किया जाना है।

प्रत्येक आइटम को एक मूल्यांक (वेल्यू) दीजिए। मूल्यांकन के लिए A, B, C आदि का इस्तेमाल कर सकते हैं।

A. निश्चित रूप से करना है

B. किया जाना चाहिए

C. किया जा सकता है

- प्रत्येक काम को प्राथमिकता के अनुसार नंबर दीजिए –

  A 1, A 2, A 3

- निम्न संकेतों का इस्तेमाल भी कर सकते हैं –

✓ = काम पूरा हुआ

→ = काम आगे बढ़ाया

× = काम निरस्त (डीलिट) किया

Ⓓ = काम किसी को सौंपा (एलफ़ाबेट से नाम लिखें)

○ = काम प्रगति पर

प्लानिंग में इन छह बहानों को छोड़ें

1. मेरे पास प्लान बनाने का समय नहीं है।
2. मैं पहले से ही जानता हूं कि मुझे क्या करना है, प्लान बनाकर समय क्यों बेकार करूं?
3. काम की प्लानिंग मेरे किसी काम की नहीं। मेरी मुश्किलें बहुत हैं।
4. जब मेरे पास कामों की लम्बी लिस्ट हो, तो मैं ख़ुद को दबा-थका महसूस करता हूं।
5. मुझे नहीं मालूम कि सही ढंग से प्लान कैसे बनाया जाए।
6. रोज़ की प्लानिंग में क्या रखा है? आजकल इतना समय ही किसके पास है।

मैनेजमेंट गुरु क्या कहते हैं?

पी.आर.ओ. बनाएं (प्लानर, रिकॉर्डर, ऑर्गेनाइज़र) अथवा डायरी-कम-चैक लिस्ट का इस्तेमाल करें। डायरी की आदत डालें, आप ख़ुद को प्रसन्न, होशियार एवं प्रभावशाली महसूस करेंगे। इस आदत को बनाना इतना आसान नहीं है, परन्तु जीवन में सफलता प्राप्त करने का इसके अलावा दूसरा कोई रास्ता नहीं है।

यदि आप डायरी नहीं रखते, तो ऐसा लगता है कि शायद आप अपने काम के प्रति गम्भीर नहीं हैं या फिर आप अपने प्रोग्रामों पर बहुत शक्ति और समय ख़राब कर रहे हैं।

एक्शन प्लान बनाने की प्रैक्टिकल तकनीक

पहला स्टेप

अपने लक्ष्यों की लिस्ट बनाएं। इस लिस्ट की पड़ताल करें और इसके बारे में सब-कुछ साफ़ कर लें। लक्ष्य की कल्पना करें और उसे हासिल करने के स्टेप्स के बारे में फिर से विचार करें। इसे छोटे-छोटे लक्ष्यों में बांटें।

यहां प्लानिंग का एक उदाहरण दिया जा रहा है। माना कि आप आई.ए.एस. बनना चाहते हैं। पहले स्टेप में आप अपने लक्ष्य की पड़ताल करें। आपको सबसे पहले प्री-आई.ए.एस. पास करना होगा। इसके लिए आपको सब्जेक्ट चुनने होंगे।

दूसरा स्टेप

बीच के लक्ष्यों पर विचार करें। उन्हें पाने के लिए कामों की लिस्ट बनाएं। दूसरे स्टेप में आपको अध्ययन सामग्री (स्टडी मैटर) जुटाना होगी। उसके अनुसार आपको स्टडी के एक्शन प्लान का निर्माण करना होगा।

तीसरा स्टेप

आपको अपनी आज की स्थिति एवं हालात को समझना होगा। आप क्या हैं, कहां हैं एवं आपको क्या सुविधाएं मिल रही हैं? अपनी समस्याओं को जानें और उनको हल करने की कोशिश करें। तीसरे स्टेप में आपको अपनी समझ के स्तर को जांचना होगा। आई.ए.एस. के

सक्सेस सिस्टम
वीकली प्लानर

	To Do	Mon	Tue	Wed	Thurs	Fri	Sat	Sun.

लिए कैसा स्तर चाहिए? अपनी योग्यता को मन में रखते हुए आपको स्टडी का प्लान बनाना होगा।

चौथा स्टेप

मौजूद समय का विचार करें। समय के अनुसार अपनी प्राथमिकताएं तय करें। प्रोग्रामों का क्रम तय करें। चौथे स्टेप में आपको समय के बारे में जागरूक बनना पड़ेगा। अपना टाइम-बजट तैयार करें। पिछले चेप्टर में इसके बारे में बताया गया है। आप अपने टाइम टेबल के अनुसार काम कर सकते हैं। समय के महत्त्व को समझना होगा।

पांचवां स्टेप

अपनी भावनाओं या भीतरी ज्ञान के बारे में जागरूक रहें। जब भी, जहां भी ये महसूस हों, इन्हें लिख डालें। कभी-कभी सृजनात्मक (क्रिएटिव) हल भी सूझते हैं। आपका पिछला अनुभव आपको भावना के ज़रिए से निर्देशित करता है। ऐसा सहयोग अंदर की बुद्धि से होती है। अपने भीतरी ज्ञान की शक्ति को दबाएं नहीं, चूंकि यह आपके लक्ष्य को प्राप्त करने में सहायक होती है। आप अपनी समस्याओं से रू-ब-रू होंगे और अपने आत्म-विश्वास और ज्ञान के स्तर को समझ सकेंगे। ये सारी बातें आपकी दशा का ज्ञान कराने में सहयोगी होंगी।

छठा स्टेप

जांचें कि आपका प्लान आसान और ठीक है या नहीं? इसमें किसी बदलाव की ज़रूरत तो नहीं है?

इस स्तर पर आप ख़ुद की जांच करेंगे। आप कैसे सुधार कर

सकते हैं? आपको गाइडेंस की ज़रूरत तो नहीं? किस प्रकार का गाइडेंस उपयोगी होगी? आपका बजट इस बात की प्रेरणा देता है या नहीं? आपको इन सारी समस्याओं को वर्गीकृत (क्लासिफ़ाइ) करना होगा।

सातवां स्टेप

इस प्लान को एक्शन में लाएं और अपने लक्ष्य तक पहुंचे।

इन सभी तथ्यों को ध्यान में लाने के बाद आपके पास कुछ नहीं रहेगा, सिवाय इसके कि आप लक्ष्य के अनुसार काम करें। जो काम करते हैं, सफलता का मौक़ा उन्हें ही मिलता है। सिर्फ़ प्लानिंग आपके लक्ष्य को प्राप्त करने में अधूरी है, इसलिए आपको उसके अनुसार काम भी करना होगा। काम ही सफलता दिलाते हैं।

लोग अपना समय अपने जीवन का प्लान
बनाने के बजाय पार्टी या छुट्टियों का प्लान
बनाने में गुज़ार देते हैं।

11

बेहतर फ़ैसला करना सीखें

आप वैसे ही हैं, जैसे आपके फ़ैसले हैं।

– उपनिषद्

किसी ख़ास क्षण का आपका फ़ैसला ही आपके भविष्य का निर्माता है।

– एन्थनी रोबिंस

किसी चीज़ का फ़ैसला करने के लिए तीन तत्वों की ज़रूरत होती है : अनुभव, ज्ञान और अपने को ज़ाहिर करने की ताक़त।

– सुकरात

निर्णय क्या है?

किसी के सम्बन्ध में बनाया गया विचार ही फ़ैसला है, चाहे वह व्यक्ति के बारे में हो या काम के बारे में। किसी समस्या या प्रश्न के हल का नाम फ़ैसला है। फैसला अर्थात 'डिसीज़न' एक लेटिन शब्द है, जिसका अर्थ है, कर्म करना, प्राप्त करना एवं ग़ैर-ज़रूरी बातों और बुरी चिन्ताओं से दूर हो जाना।

जलियांवाला बाग में 13 अप्रैल, 1919 को जनरल डायर द्वारा हजारों बेकसूर लोगों पर गोलियां बरसाई गईं और हज़ारों लोग मारे गए। एक चौदह वर्षीय सिख बालक ऊधमसिंह ने ख़ुद को किसी तरह एक पेड़ की खोह में छिपाकर बचा लिया। उसी वक्त उसने इस भयंकर अपराध करने वाले को सज़ा देने का फ़ैसला कर लिया। बाद में तत्कालीन गर्वनर माइकल ओ डायर ने भारत छोड़ दिया, किन्तु सरदार ऊधमसिंह जब सत्रह वर्ष का था, वह जहाज़ पर सफ़ाई करने वाला बनकर लन्दन पहुंचा। वहां पहुंचकर उसने भरी सभा में जनरल डायर को गोली से उड़ा दिया। बाद में उसे लन्दन में ही फांसी दी गई।

बचपन के एक फ़ैसले ने उसे क्रान्तिकारी बना दिया। यदि सरदार ऊधमसिंह अपने लक्ष्य को पा सका, तो हम क्यों नहीं मुश्किलों में फ़ैसला कर पाते हैं? उसने भी कई मुश्किलों का सामना किया था।

समस्याएं तो हमेशा बनी रहेंगी, किन्तु ऊधमसिंह की तरह हम भी इच्छा शक्ति (विल पॉवर) द्वारा फ़ैसला कर उनसे छुटकारा पा सकते हैं।

जीवन में फ़ैसले का मतलब

सफलता फ़ैसला करने से मिलती है, मौक़े से नहीं।

हमारी सफलताएं फ़ैसलों पर निर्भर हैं। हमें हमेशा हालात के पक्ष या विरोध में फ़ैसला लेने होते हैं। हमारा अवचेतन मन भी जाने-अनजाने फ़ैसला करने में सहायता देता है। आप और हम जो कुछ भी हैं, वह हमारे बीते समय के फ़ैसलों के कारण हैं। हमारे गुज़रे वक़्त के फ़ैसलों के नतीजे ही हम हैं। फ़ैसले हमारे जीवन का रूप बनाते हैं।

सफलता और फ़ैसले में सम्बन्ध

फ़ैसला करने की ताक़त ही चैंज करने की ताक़त है। यदि आप कोई चैंज चाहते हैं, तो पहले चैंज के बारे में फ़ैसला लेना होगा। जब आप अन्तिम तौर पर फ़ैसला ले लेते हैं, तो नतीजे सामने आने शुरू हो जाते हैं। यदि नतीजे अनुकूल नहीं होते हैं, तो हमें अपने फ़ैसलों में चैंज करना होता है।

आप अपने भाग्य को बनाने वाले हैं, क्योंकि आप
फ़ैसला लेने में मज़बूत हैं।

– जे. कृष्णामूर्ति

जे.आर.डी. टाटा ने 'टिस्को' के निर्माण का फ़ैसला ब्रिटिश हुकूमत के समय में लिया। वह टिस्को के निर्माण में सफल हुए, जो किसी समय दुनिया में स्टील की नम्बर एक कम्पनी थी। उनके सामने कई मुश्किलें आईं, परन्तु उनके फ़ैसले ने ज़रूरी सफलता प्राप्ति में उसे बल प्रदान किया।

लक्ष्य तय करना भी एक तरह का फ़ैसला ही है। वह फ़ैसला आपकी पूरी ताक़त को लक्ष्य की दिशा में मोड़ता है।

फ़ैसला न कर पाने से कैसे बचें

कभी-कभी स्थितियां ऐसी बनती हैं, जिनसे व्यक्ति फ़ैसला नहीं कर पाता कि क्या करे और क्या न करे? जब किसी ख़ास हालात में एक से अधिक चीज़ें मौजूद हों, तो हम घबराहट के कारण या चीज़ें साफ़ न होने के कारण किसी एक को तय नहीं कर पाते हैं, इसे अनिर्णय या फ़ैसला न कर पाने की स्थिति कहते हैं। अधूरा फ़ैसला भी अनिर्णय की तरह ही असरदार नहीं होता। ऐसे समय में लोग कई बार फ़ैसला तो लेते हैं, किन्तु उन्हें उसके प्रति भरोसा नहीं होता। इन हालात में अपनी शक्ति को सही दिशा में मोड़ नहीं पाते।

फ़ैसला न लेने से तो ग़लत फ़ैसला ले लेना ज़्यादा अच्छा है। एक ग़लत फ़ैसला, सही फ़ैसले की दिशा में उठाया गया पहला क़दम होता है। यदि आप अपने ग़लत फ़ैसलों से सीख लेते हैं, तो आप सच में ही सही फ़ैसले और सफलता की दिशा में बढ़ रहे होते हैं। जब फ़ैसला ठोस नहीं होता, तो साफ़ है कि आपका आत्म-विश्वास और आपकी शक्ति उसके साथ नहीं हैं। इसलिए ऐसा फ़ैसला असरदार नहीं

होता है और हम मनचाहे नतीजे प्राप्त नहीं कर पाते हैं। कभी-कभी फ़ैसला न कर पाना ही फ़ैसला बन जाता है, पर याद रखें कि वह हमें नुक़सान पहुंचाता है।

फ़ैसले के पांच क़दम

आम फ़ैसला हमारे भीतर की विचार करने की तौर-तरीक़े पर आधारित होता है। इसमें पांच क़दम शामिल हैं –

1. हमारा मुख्य विश्वास : यह हमारे अवचेतन के स्तर पर हमारे मन की गहरी इच्छा होती है।

2. हमारी नैतिक मान्यताएं : जो समाज हमें सिखाता है।

3. पिछली यादें या संस्कार : हमारा फ़ीडबैक या पोषण।

4. आदतन प्रश्न : वे प्रश्न जो आप ख़ुद से ऐसी ही हालात में पूछते हैं।

5. भावनाओं के हालात : हरेक क्षण के आपके अनुभव।

ज़्यादातर लोग इस तकनीक को सावधानी के साथ काम में नहीं लाते। इसके बजाय हमारे माता-पिता, अध्यापकों, टेलीविज़न, प्रचार करने वालों एवं ख़ासतौर से हमारी सभ्यता द्वारा लागू फ़ैसलों से प्रभावित होते हैं।

इसी का नतीजा है कि फ़ैसले हमारे हाथ में नहीं होते। हमारा बीता समय हमें कंट्रोल करता है।

फ़ैसलों के प्रकार

प्रतिदिन हमें कई फ़ैसले करने होते हैं और सभी फ़ैसले एक जैसे नहीं होते। महत्त्व के आधार पर हम फ़ैसलों को तीन ख़ास श्रेणियों में बांट सकते हैं –

1. साधारण फ़ैसले : छोटे फ़ैसले जैसे दाढ़ी बनाना, सजना-संवरना, कपड़े पहनना आदि।
2. ख़ास फ़ैसले : ऐसे फ़ैसले, जो हमारे जीवन पर बहुत असर डालते हैं। ये फ़ैसले सम्बन्धों के बनने, पुस्तकों के पढ़ने अथवा हमारे शौक़ से सम्बन्धित होते हैं।
3. बहुत ख़ास फ़ैसले : जीवन बदलने वाले फ़ैसले, जैसे विवाह, कारोबार अथवा हमारे जीवन के ख़ास लक्ष्य।

याद रखें, फ़ैसले की प्रकृति हालात एवं समय के अनुसार बदलती रहती है।

फ़ैसला लेने के प्रैक्टिकल तरीक़े

यदि आप बेहतर फ़ैसला लेना चाहते हैं, तो इन ! बातों पर ध्यान दें –

पहला स्टेप : तथ्य इकट्‌ठा करना

जो फ़ैसला आप लेने जा रहे हैं, उससे सम्बन्धित तथ्यों की जानकारी

इकट्ठा करें और उससे प्राप्त नतीजों के बारे में साफ़ हो लें। यह तय करें कि आप तथ्य एवं नतीजों को ठीक ढंग से समझते हैं।

दूसरा स्टेप : अपने दिमाग़ का इस्तेमाल

फ़ैसला करने में दिमाग़ का पूरा इस्तेमाल करें। आप निम्न प्रश्न पूछ सकते हैं –

1. इस फ़ैसले की क्या ज़रूरत है?
2. क्या-क्या विकल्प (आल्टरनेट) मौजूद हैं?
3. कौन-सा विकल्प बेहतर है और क्यों?

तीसरा स्टेप : अपने दिल को पूछो

फ़ैसला करने में अपने दिल से ज़रूर सलाह लें। अपने दिल से उसकी मंज़ूरी लें। आपका ज्ञान या जानकारी अक्सर घटनाओं की भविष्यवाणी करती है। कई बार हमें फ़ैसलों के बारे में पहले ही आभास हो जाता है। फ़ैसले केवल दिमाग़ से नहीं लिए जाने चाहिए। हम केवल दिमाग़ से प्रभावित नहीं होते। हम दिल से भी प्रभावित होते हैं। कई बार हम दिल की सुनते हैं। जब हम इनमें से केवल एक का इस्तेमाल करते हैं, तो हम ख़ुद के प्रति ईमानदार नहीं हो पाते और ऐसे फ़ैसले अधूरे होते हैं। अधूरे फ़ैसले, अधूरी सच्चाई पर आधारित होते हैं। एक सम्पूर्ण फ़ैसला दिमाग़ और दिल से लिया जाता है।

12

क्या आप अपनी आदतों से परेशान हैं...

एक विचार को बोइए, एक कर्म को जन्म दीजिए,
एक कर्म को बोइए, एक आदत को जन्म दीजिए,
एक आदत को बोइए, एक चरित्र को जन्म दीजिए,
एक चरित्र को बोइए, एक सफलता को जन्म दीजिए।

–प्राचीन कहावत

वस्तुएं नहीं बदलतीं, हम ही बदलते हैं।

– एच.डी. थोरो

जो हम अक्सर करते हैं या अनजाने में निरन्तर करते रहते हैं, उसे ही आदत या स्वभाव कहते हैं।

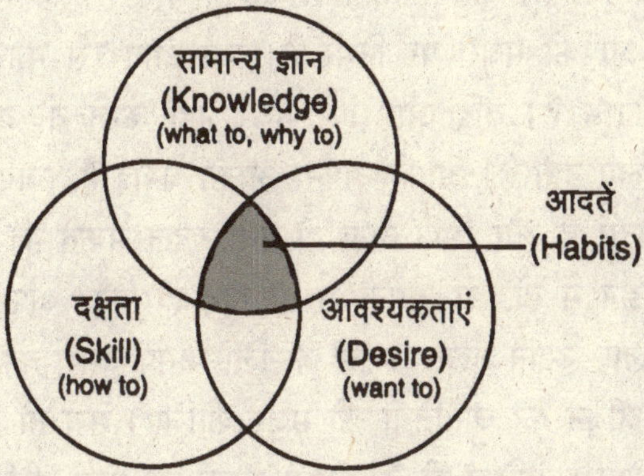

आदतें
सिद्धान्त (प्रिंसीपल) एवं व्यवहार (पैटर्न) की अंदर होने वाली क्रिया

ज्ञान का सैद्धान्तिक (थ्योरीटिकल) रूप है, 'क्या करें' और 'क्यों करें'। कुशलता का अर्थ है, कुशलता के साथ कैसे करें और इच्छा है किसी ख़ास काम को करने की चाह।

जीवन में किसी काम या बात की आदत या स्वभाव बनाने के लिए हमें इन तीनों का एक साथ इस्तेमाल करना पड़ेगा। यदि आप अपनी आदत को बदलना चाहते हैं, तो उसके उलटे दूसरी आदत को ढालना होगा। यह आपको पुरानी आदत से आज़ाद करने में मदद करेगा।

आप बदलाव के मालिक हैं

आप ही दुनिया हैं। दुनिया आप से अलग नहीं है। आपकी दुनिया का वजूद आपकी मंजूरी पर निर्भर है। जब आप इसे महत्त्व देते हैं, तभी यह ख़ास है। यदि आप इसे मंज़ूर नहीं करते तो यह आपके लक्ष्य के लिए नहीं है। आपने अपनी आदतें बनाई हैं, आप ही उनके लिए ज़िम्मेदार हैं और सिर्फ़ आप ही उन्हें बदल सकते हैं। जब आप किसी उलझन में हों, तो अपना रास्ता ख़ुद ही चुनें। अपने चुने हुए रास्ते के लिए, अपने ग़लत फ़ैसले के लिए आप दूसरों को दोष नहीं दे सकते। जीवन की चुनौतियों को मंज़ूर कीजिए। सच तो यह है कि सभी समस्याएं चुनौतियां ही हैं। ज़िम्मेदारियों को मंज़ूर कीजिए।

आप ख़ुद अपने फ़ायदे और नुक़सान के लिए ज़िम्मेदार हैं। आप अपने को अलग क्यों करते हैं? आप किसी से कम नहीं हैं। आपमें शक्ति है। आप दूसरों से सहायता क्यों चाहते हैं? इस संसार में कोई ताक़त आपसे बड़ी नहीं है। आप दूसरों से प्रेरणा ले सकते हैं। मामूली सहायता ले सकते हैं। दूसरे लोग आपके लिए मर नहीं सकते। वे आपको श्मशान तक ले जा सकते हैं, आपके साथ जल नहीं सकते।

आपकी सफलता या असफलता केवल हालात का नतीजा नहीं है। आप हालात के ग़ुलाम नहीं हैं। आप उन्हें अपने अनुसार बदल सकते हैं। भारत के पूर्व राष्ट्रपति एवं दार्शनिक डॉ. राधाकृष्णन् ने ठीक लिखा है –

हम ख़ुद अपने मित्र हैं, ख़ुद अपने शत्रु, ख़ुद अपने स्वामी और ख़ुद अपने लक्ष्य (गोल) हैं।

क्या आपने कभी हालात का सही ब्यौरा लिया है? हालात के बारे में हमारी प्रतिक्रिया उनकी परिभाषा पर निर्भर है। घटनाएं ख़ास नहीं हैं, ख़ास हैं उनकी परिभाषाएं।

स्नायु–तन्त्र (नर्वस सिस्टम) का विज्ञान

दिमाग़ हमारे पूरे शरीर को कंट्रोल करता है। यह स्नायु-तन्त्र (नर्वस सिस्टम) के ज़रिये से काम करता है। स्नायु-तन्त्र (न्यूरोलॉजी सिस्टम) नर्व सेल्स से बना होता है। शरीर में इसका जाल बिछा है। नर्व सेल्स सभी प्रकार की सूचनाओं के भेजने और प्राप्त करने का काम करते हैं। शरीर के एक भाग से सूचनाओं को दिमाग़ तक पहुंचाना और दिमाग़ से शरीर के सभी भागों में आदेशों को पहुंचाने का काम करते हैं।

टेलीफ़ोन केबल्स तो केवल कुछ सूचनाएं पहुंचाते हैं, किन्तु ये नर्व सेल्स करोड़ों सूचनाओं को एक साथ इधर-उधर पहुंचाते हैं। एक नर्व सेल, 3 करोड़ सूचनाएं एक बार में प्रोसेस कर सकता है। इन समाचारों को ढोने में जब एक ही प्रकार की सूचना बार-बार दोहराई जाती है, तो एक ख़ास प्रकार के अहसास का मार्ग बनता है, एक ख़ास व्यवहार का ढंग बनता है। इस प्रकार से प्राप्त किया गया व्यवहार ही आदत कहलाता है। आदत में हमारी क्रिया हमारे बस में नहीं रहती, यह अपने आप ही होती है। हम कह सकते हैं कि हमारा जीवन ऐसी आदतों का एक समूह है। हमें अपनी आदतें बदलनी हैं और सफलता के लिए नई आदतों का निर्माण करना पड़ेगा।

अपने स्नायु-तन्त्र (नर्वस सिस्टम) की व्यवस्था को समझिए और अपने कंट्रोल में लीजिए। मोटे रूप में आपकी गतिविधियां मशीनी

होती हैं और दिमाग़ भी अपनी सूचना-व्यवस्था से कंट्रोल होकर काम करता है।

आप सिर्फ़ 'एक आदत' नहीं रखते हैं। आपने अपनी स्नायविक (न्यूरो) व्यवस्था में सम्बन्धों का जटिल जाल बना रखा है। आप इसे कुछ तकनीकों की मदद से बदल सकते हैं। अपने बदलाव के लिए आप ख़ुद ज़िम्मेदार होते हैं।

आप अपनी समस्याओं की पड़ताल हज़ार बार कर सकते हैं, परन्तु जब तक दर्द एवं प्रसन्नता की अनुभूति को नहीं बदलेंगे, कुछ भी नहीं बदलेगा। आप स्नायु-तन्त्र (नर्वस सिस्टम) के साथ एक अहसास को जोड़ते हैं।

आदतों के प्रकार

अच्छी आदतें डालें

- अपने लक्ष्यों का खाका बनाएं
- जल्दी उठें
- व्यायाम करें, योग करें, सुबह सैर को जाएं
- अच्छी पुस्तकें पढ़ें
- बोलने के पहले सोचें
- मुस्कराते रहें

- धैर्य रखें
- चुस्त-दुरुस्त रहें
- नर्मी बरतें
- ध्यान करें
- मित्र बनाएं
- सकारात्मक (पॉज़िटिव) सोचें
- पैसा बचाएं
- समय के पाबन्द (पंक्चुअल) रहें
- सृजनशील (क्रिएटिव) बनें
- लक्ष्य-प्राप्ति के प्रति कोशिश करते रहें

बुरी आदतें भगाएं

- नकारात्मक (निगेटिव) सोच
- किसी काम को टालते रहना
- सिगरेट-शराब पीना
- पान मसाला और तम्बाकू खाना
- ज़्यादा भोजन करना

- गप-शप करना
- मुंह से नाख़ून कुतरना
- तकियाकलाम का इस्तेमाल करना
- अनैतिक सम्बन्ध रखना
- आलस करना
- आवारागर्दी करना
- तेज़ रफ़्तार से गाड़ी चलाना
- टी.वी. अधिक देखना
- दादागीरी करना
- शोरगुल करना
- गुस्सा करना
- ग़ैर-ज़रूरी पूछताछ करना
- दूसरों के काम में दख़ल देना
- खाने में, चलने में, बातचीत में, प्रस्तुत करने में जल्दबाज़ी करना
- नशा करना।

आख़िर व्यक्ति क्यों नहीं बदलता

व्यक्ति कई बातों का आदी हो जाता है, इसलिए वह बदल नहीं पाता। आदतों की जड़ें अवचेतन मन में होती हैं। इसलिए कई बार आदतें बदलने की कोशिशें असरदार नहीं होतीं। हमारा जीवन आदतों से चलता है। पुरानी आदतें मुश्किल से छूटती हैं। हमारे संस्कार हम पर राज करते हैं। आदतें पहले मकड़ी के जाले की तरह हलकी होती हैं, फिर वही लोहे के तारों की तरह सख़्त बन जाती हैं।

वास्तव में आदतें दिमाग़ में रास्ते बना लेती हैं। जब रास्ते हैं, तो उस पर फिसलना सरल होता है। लोग नए रास्ते बनाना नहीं चाहते। बस, पुराने रास्ता पर चलते रहते हैं। इस प्रकार बने-बनाए रास्ते का पीछा करते हैं, क्योंकि इस पर चलना आसान होता है। इसलिए पुरानी आदत छोड़कर नई आदत बनाना पहाड़ पर चढ़ने जैसा है। ज़्यादातर लोग नए रास्ते को टालते हैं या उससे बचते हैं। चढ़ना मुश्किल होता है। उतरना बहुत आसान है। आराम से रहना ही आदत है। यही कारण है कि हम अपनी आदतों के गुलाम हो जाते हैं, क्योंकि एक बने-बनाए ढर्रे वाला जीवन जीने में कोई ख़तरा नहीं है।

बदलाव की शुरूआती शर्तें

1. बदलाव की गहरी प्यास
2. कुछ चीज़ों को छोड़ने की भारी इच्छा
3. बदलाव के लिए कुछ भी करने के लिए तैयार होना
4. दृढ़ इच्छा-शक्ति (विल पॉवर) एवं संकल्प

जीवन में परिवर्तन लाने के लिए ये ज़रूरी शर्तें हैं। ज़्यादातर लोग इन शर्तों को पूरा नहीं करते हैं। इसलिए उनकी कोशिशों का कोई नतीजा दिखाई नहीं पड़ता। सिर्फ़ विचार करने से कोई आदत नहीं बदलती। आदतें बदलने के लिए कड़ी मेहनत की ज़रूरत होती है।

आदतें बदलने की प्रैक्टिकल तकनीक

अमेरिका के डॉ. रिचार्ड बैंडलर ने आदतें बदलने के लिए 'न्यूरोलिंग्विस्टिक प्रोग्रामिंग' नामक तकनीक ईजाद की है। उनकी इस तकनीक से दुनिया में हज़ारों लोगों को अपनी आदतें बदलने में मदद मिली है। यदि आप इस तकनीक में सुझाए गए तरीक़ों का ठीक से समझकर सख़्ती से पालन करते हैं, तो आप अपने जीवन में कुछ भी बदल सकते हैं। साथ ही दूसरों के जीवन में भी बदलाव ला सकते हैं।

पहला स्टेप
अपना लक्ष्य तय करें

वास्तव में आप क्या चाहते हैं, यह तय कीजिए। आप अपनी कौन-सी आदत, स्वभाव या संस्कार को बदलना चाहते हैं? क्या बदलना चाहते हैं? लक्ष्य के सम्बन्ध में साफ़ होना एकाग्रता (अटेंशन) के लिए बहुत ज़रूरी है। मान लीजिए, एक व्यक्ति तम्बाकू खाने की आदत से छुटकारा पाना चाहता है। उसे अपना लक्ष्य तय करना होगा। लक्ष्य को सही करने के लिए उसे देखना होगा कि वह किस प्रकार के तम्बाकू का सेवन करता है। वह कब खाता है? दिन में वह कितनी बार तम्बाकू का सेवन करता है?

दूसरा स्टेप
बुरी आदत न छोड़ पाने के कारणों को जानें

उन कारणों के बारे में ख़ुद से पूछें। तम्बाकू छोड़ने से आपको कौन रोकता है, इसमें रुकावटें क्या हैं? रुकावटों को पढ़ें-जानें, ताकि उनको सुलझाया जा सके।

जब कोई तम्बाकू खाने की घटनाओं को याद करता है, तो अक्सर महसूस करता कि वह ख़ुद भी नहीं जानता कि क्यों खाता है? कभी ऐसा होता है कि कुछ मित्र उसे तम्बाकू देते हैं, कभी समय गुज़ारने के लिए कभी ऐसे ही कुछ बदलाव महसूस करने के लिए या कभी नशे के लिए। वह अपनी आदत बदलना चाहता है, पर वह समय को आगे खिसकाता जाता है। वह सोचता है, "आज मैं तनाव में हूं, इसलिए खा रहा हूं, पर कल से मैं बिल्कुल नहीं खाऊंगा।"

तीसरा स्टेप
तेज़ दुख को आदतों से जोड़ें

अपने-आप को बदलने के लिए आपको सबसे पहले अपने शरीर पर कंट्रोल करना होगा। पांच-दस गहरी सांसें लीजिए। इससे आपको ऊर्जा मिलेगी। आपकी एकाग्रता (कंसन्ट्रेशन) बढ़ेगी। अब बदलाव के उन नतीजों को सोचिए, जो तम्बाकू खाना न छोड़ने से होंगे। विचार कीजिए कि यदि आपने अपनी आदत या स्वभाव को नहीं बदला, तो आपका कारोबार या काम चौपट हो जाएगा। इस बात पर गहराई से सोचें।

तम्बाकू खाने के नतीजों को याद करना चाहिए। इससे मुझे कैंसर जैसी बीमारियां हो सकती हैं, आदि बातें। मुंह में कैंसर वाले

रोगी का चित्र दिमाग़ में बनाएं, ऐसा रोगी पानी भी नहीं पी सकता, प्यासा ही मरता है।

इस प्रकार के विचारों से ख़ुद को जोड़ने एवं उनसे रू-ब-रू होने से उसके दिमाग़ में दुख का जन्म होगा।

चौथा स्टेप
चरम आनन्द को बदलाव के लाभों से जोड़ें

अपनी एकाग्रता (कंसन्ट्रेशन) को केन्द्रित करने के लिए पांच-दस बार गहरी सांस लें। इससे आपका सोचने का तरीक़ा बदलेगा। अब अपने सुख व आनन्द को याद करें। आपकी नई आदतों से आपका सुधार किस प्रकार होगा? अपनी नई आदतों से होने वाले फ़ायदों को याद करें। इस बदले हुए सीन से आपका जीवन ही बदल जाएगा। आप पूरी तरह नए व्यक्ति होंगे। आपका आत्म-विश्वास, नज़रिया एवं सोचने का तरीक़ा ही बदल जाएगा। इस सबसे आपको अपने मनपसन्द क्षेत्र में बड़ी सफलता प्राप्त होगी।

चौथे स्टेप में तम्बाकू छोड़ने से होने वाले आनन्द का अनुभव करना चाहिए। आपका जीवन, तंदुरुस्ती, पैसा एवं चेहरे की चमक लौटेगी। आपके दांत चमकेंगे और चेहरा अधिक चुस्त लगेगा। इस प्रकार आनन्द भरे चिन्तन से ख़ुद को जोड़ने से नई आदतें सीखने को रफ़्तार मिलती है।

पांचवां स्टेप
बने-बनाए तरीक़े को बदलें

आपने पीछे पढ़ा है कि हम अपनी मान्यताओं, धारणाओं और विश्वासों से कंट्रोल होते हैं। जीवन में बदलाव लाने के लिए, अपने चले आ रहे तौर-तरीक़े बदलने पड़ेंगे।

पांचवां स्टेप है, बने-बनाए तरीक़ों को तोड़ना। विचारों के पुराने ढांचों को तोड़े बिना हम नई बातें नहीं सीख सकते।

जब किसी को तम्बाकू खाने की इच्छा उठे, तो उसे ज़ोर-ज़ोर से चिल्लाना चाहिए, चाहे वह भीड़ में हो या कहीं एकान्त में "सुअर गन्द खा रहा है।" यह ज़ोर की आवाज़ पुराने ढर्रे को बदलेगी और अब एक नई कल्पना कि सुअर गन्द खा रहा है, उसके दिमाग़ में उपजेगी। ज्यों ही वह आगे कल्पना करेगा, उसे लगेगा कि सुअर कोई पीली वस्तु खा रहा है और उसके दांत गन्दे हो रहे हैं। इस तस्वीर से उसके न्यूरल मार्ग में नफ़रत का भाव जागेगा। इसे स्क्रेम्बल पेटर्न कहते हैं। इससे पुरानी आदतों में बदलाव शुरू होगा।

छठा स्टेप
नया शक्ति देने वाला विकल्प (आल्टरनेट) पैदा करें

पुरानी आदत को नई आदत में बदलें। ख़ालीपन को भरा जाना ज़रूरी है। नहीं तो कोई भी व्यक्ति फिर से पुरानी आदतों में लौट सकता है। नई आदतों के विकास में पूरी सावधानी की ज़रूरत है। उन्हें बिना नकारात्मक (निगेटिव) प्रभाव के विकसित करें, नहीं तो पूरी मेहनत बेकार जाएगी। नई चुनींदा आदतें पुरानी आदतों को बदलने की चाबी

हैं। यह ज़्यादा आसान है कि पहले एक चुनींदा आदत बनाएं और तब पुरानी आदत को छोड़ें। उसने तम्बाकू खाना छोड़ दिया और बदले में सौंफ खाना शुरू कर दिया। सौंफ पचने में सहायता करती है। इससे पेट भी ठीक रहता है। बाद में उसे यह आदत भी छोड़ देनी चाहिए।

सातवां स्टेप
नई आदत को बार-बार शक्ति प्रदान करें

नए तरीक़े को आदत बनाएं, जिससे पुरानी आदतें फिर से पैदा न हों। पुरानी आदतों की बजाय नई आदतों पर ज़ोर दें, जिससे ये मज़बूत हो जाएं।

हमेशा याद रखें कि आपका दिमाग़ आपकी कल्पना में और आपके असली अनुभव में अन्तर नहीं करता है। इसका अर्थ है कि नए तौर-तरीक़े लागू करने के लिए आपको बार-बार नई आदत के बारे में सोचना होगा।

नई आदत को लागू करने में व्यक्ति ख़ुद के प्रति सावधान हो जाता है और सौंफ चबाने में आनन्द लेना शुरू करता है।

आठवां स्टेप
जांच करें

इस बात की जांच करें कि आप नई आदतों को ढालने में सफल हुए या नहीं?

अपनी पुरानी दशा को याद करें, जिसमें आदतें आप पर हावी

थीं। यदि आप कर सकें, तो नए ढर्रे के अनुसार काम करें। इस प्रकार आप पुरानी आदत को छोड़ सकेंगे और ऊपर उठ सकेंगे।

आपको अपने नए अनुभवों को भी परखना चाहिए। पान वाले की दुकान पर जाइए और उससे सौंफ लेकर खाइए और वापस आ जाइए। यदि उस समय आपके मन में तम्बाकू के लिए तलब पैदा नहीं होती, तो इसका मतलब आपने परीक्षा पास कर ली है।

आपने क्या सीखा?

1. सफलता और प्रश्नों के बीच क्या संबंध हैं?

2. समय बचाने के 11 प्रैक्टिकल तरीक़े क्या हैं?

3. क्या एक्शन प्लान बनाना भी ज़रूरी हैं?

4. समय की क़ीमत क्या हैं?

5. टाइम मैनेजमेंट के बारे में क्या जानते हैं?

6. बेहतर फ़ैसला कैसे करेंगे?

7. आप अपनी बिगड़ी आदतों को कैसे दूर करेंगे?

पांचवां खंड

कुशलता

सफलता के फूल कुशलता की खाद में ही खिलते हैं और खुशबू फैलाते हैं।

सफलता पाने के लिए एकाग्रता, बुद्धिमानी, कड़ी मेहनत और शब्दों का सही इस्तेमाल करना बहुत महत्त्वपूर्ण है। काम में कुशलता बुद्धि एवं अभ्यास से आती है।

13

एकाग्रता (कंसन्ट्रेशन) की चाबी को पहचानें

वह व्यक्ति, जो समस्या के साथ खाता है, समस्या के साथ चलता है, समस्या के साथ सोता है, वह समस्या का समाधान ढूंढ लेता है।

– डॉ. राधाकृष्णन्

एकाग्रता विचारधारा को शक्तिशाली तथा कल्पना को स्पष्ट करती है।

– स्वामी शिवानन्द

किसी लक्ष्य (टारगेट) पर पूरा ध्यान लगाना ही एकाग्रता (कंसन्ट्रेशन) है। एकाग्र मन किसी अन्य दिमाग़ी गतिविधि में व्यस्त नहीं हो सकता। एकाग्रता का अर्थ है, अपनी सारी एनर्जी और मन को एक तरफ़ लगाना। लगन एकाग्रता की चाबी है। मन को एक दिशा में, एक ही काम में लगाना एकाग्रता है।

सफलता प्राप्ति में एकाग्रता (कंसन्ट्रेशन) की भूमिका

वह व्यक्ति, जो किसी एक चीज़ या एक उद्देश्य के साथ एकाग्र होता है, वह अपने उद्देश्य को प्राप्त करने में मज़बूत होता है।

– महात्मा गांधी

ध्यान व एकाग्रता से दिमाग़ी शक्ति को बढ़ाया जा सकता है और उसका इस्तेमाल किया जा सकता है। एकाग्रता के बिना मन को फ़ोकस नहीं किया जा सकता। जब मन की एनर्जी बिखरी हुई होती है, तो आप उसे सफलता की दिशा में इस्तेमाल नहीं कर सकते, यानी मन की शक्ति एकाग्रता की शक्ति में होती है। बुद्धि, जांच-पड़ताल, चिन्तन, कल्पना, कुछ कहना, लेखन एवं भाषण आदि की शक्ति को एकाग्रता द्वारा ही बढ़ाया जा सकता है। एकाग्रता की शक्ति आपकी योग्यता एवं कुशलता को बढ़ाती है। एकाग्रता से उलझनें, टकाराव, घबराहट एवं तनाव कम होते हैं।

द्रोणाचार्य की परीक्षा में केवल अर्जुन ही क्यों सफल हुआ?

महाभारत में यह कथा है कि द्रोणाचार्य ने अपने शिष्यों के लिए एक परीक्षा का बंदोबस्त किया। उन्होंने अपने सभी शिष्यों को चिड़िया की आंख पर निशाना लगाने के लिए कहा। हर बार नए तीर–कमान लेकर आने पर उन्होंने पूछा, "तुम्हें क्या दिखाई दे रहा है?" एक शिष्य को पेड़ दिखाई दिया, दूसरे ने डालें देखीं, कुछ ने केवल चिड़िया को देखा। इस प्रकार अलग–अलग उत्तर आए। उन्होंने किसी को भी तीर छोड़ने की इजाजत नहीं दी।

अर्जुन ने कहा, "मुझे सिर्फ़ चिड़िया की आंख दिखाई दे रही है।" और इस प्रकार केवल अर्जुन ही परीक्षा में पास हुआ।

एकाग्रता बढ़ाने की तीन प्रैक्टिकल तकनीकें

1. पतंजलि की काले गोले वाली तकनीक

एकाग्रता बढ़ाने का यह प्राचीन तरीक़ा है। पतंजलि ने पांच हज़ार साल पहले इस तकनीक का विकास किया था। कुछ लोग इसे 'त्राटक' कहते हैं। योगी और सन्त इसका अभ्यास परा-मनोवैज्ञानिक (पेरा-साइक्लोजिकल)

शक्ति के विकास के लिए भी करते हैं, परन्तु मैंने दो साल तक इसका अभ्यास किया और पाया कि एकाग्रता बढ़ाने में यह काफ़ी उपयोगी है। आधुनिक वैज्ञानिक शोधों (मॉडर्न साइंटिफ़िक रिसर्चों) ने भी यह साबित कर दिया है।

इससे आत्म-विश्वास पैदा होता है, योग्यता बढ़ती है और आपके दिमाग़ की शक्ति का विकास कई प्रकार से होता है। यह तकनीक आपकी स्मरण-शक्ति (मैमोरी) को बढ़ाती है। प्राचीन ऋषियों द्वारा इस्तेमाल की गई यह बहुत ही उपयोगी और ख़ास तकनीक है।

इसके लिए आपको एक शीट तैयार करनी होगी।

शीट कैसे तैयार करें?

एक वर्ग फ़ीट की साइज़ की एक ड्राइंग शीट लीजिए। उस शीट के बीच में 1.5 सेमीमीटर का एक गोला बनाइए। फिर दो मिलीमीटर का एक छोटा गोला बड़े गोले के केन्द्र में बनाइए। चमकदार पीला रंग छोटे गोले में और गहरा काला रंग बड़े गोले में भरिए। रंगों को सूखने दीजिए। आपकी शीट तैयार हो गई।

समय : अच्छा यह है कि इसका अभ्यास सुबह के समय किया जाए। यदि किसी और समय में भी इसका अभ्यास करें, तो कोई नुक़सान नहीं है।

स्थान : किसी शान्त स्थान में बैठकर अभ्यास करें, जिससे कोई अन्य व्यक्ति आपको परेशान न करे। अपनी आंखों के सामने शीट को किसी दीवार पर चिपकाएं या लटका दें।

पहला स्टेप : शीट की ओर चेहरा करके दो-चार फ़ीट की दूरी पर आराम से बैठे। आपकी आंखों एवं शीट के काले गोले की ऊंचाई बराबर होनी चाहिए। रोशनी आपकी पीठ की तरफ़ से आना चाहिए। रोशनी तेज़ नहीं होना चाहिए। कमरे की सभी खिड़कियां बन्द रखें।

दूसरा स्टेप : बिना पलक झपकाए, पीले गोले की ओर एकटक देखते रहें। पहले दिन 3 से 5 मिनट करें। बाद में 5 मिनट रोज़ बढ़ा सकते हैं। यहां तक कि आधे घंटे तक इसे आप कर सकते हैं।

तीसरा स्टेप : जब भी आप गोले को देखें, हमेशा सोचिए कि मेरे विचार पीले गोले के पीछे जा रहे हैं।

इस अभ्यास के दौरान आंखों से पानी बह सकता है, इसकी परवाह न करें। आंखों को बन्द करें, अभ्यास रोक दें। यदि फिर से अभ्यास करना चाहें, तो आंखों को धीरे से खोलें। आप इसे कुछ मिनट के लिए और दोहरा सकते हैं। अन्त में, आंखों पर ठंडे पानी के छींटे मारकर धोएं। एक बात का ध्यान रखें, आपका पेट ख़ाली भी न हो और अधिक भरा भी न हो।

यदि आप चश्मे का इस्तेमाल करते हैं, तो अभ्यास के समय चश्मा न लगाएं। यदि आप पीले गोले को नहीं देख पाते, तो अपनी आंखें बन्द करें एवं भौंहों के बीच में मन को एकाग्र करें। इसे त्राटक कहते हैं।

कम-से-कम तीन सप्ताह तक इसका अभ्यास करें। यदि आप इससे अधिक लाभ पाना चाहते हैं, तो लगातार अपनी सुविधा के अनुसार करते रहें।

विमला ठाकुर, जो एक प्रसिद्ध शिक्षाशास्त्री एवं सर्वोदयी नेता भी हैं, ने पतंजलि की काले गोले वाली तकनीक का अभ्यास किया है और लिखा है, 'एकाग्रता की यह तकनीक सभी स्कूलों के कोर्स में जोड़ी जानी चाहिए। प्राइमरी शिक्षा के स्तर पर ही इसको लागू कर देना चाहिए, जिससे युवाओं के दिमाग़ का विकास ठीक से हो सके।'

2. कुंठा (फ्रस्ट्रेशन) से मुक्ति के लिए मनोवैज्ञानिक (साइकोलॉजिकल) तकनीक

यह आधुनिक मनोवैज्ञानिक तकनीक है। आपके लिए मैंइस तकनीक की विशेष रूप से सिफ़ारिश करता हूं कि आप इसका प्रतिदिन सुबह के समय ज़रूर अभ्यास करें। सुबह के समय किए गए अभ्यासों के अच्छे नतीजे प्राप्त होते हैं।

यह तकनीक आपके व्यक्तित्व विकास में बहुत उपयोगी साबित होगी। यहां तक कि इस अभ्यास के बाद आपका सुबह के व्यायाम का समय भी बच जाता है, क्योंकि इसके बाद अन्य किसी शारीरिक व्यायाम की ख़ास ज़रूरत नहीं रह जाती। यह तकनीक बहुत शक्तिशाली एवं आज़माई हुई है। इसलिए इसमें कोई भी बदलाव, कम करने या जोड़ने का प्रयास न करें।

पहला स्टेप
ज़ोर से सांस लें

अपनी आंखें बन्द करें और ज़ोर से गहरी सांसें लें। लक्ष्य है, तेज़ी से सांस लेना। सांस छोड़ते हुए भी पूरी ताक़त लगानी है। ऐसा बार-बार

करें। अपना ध्यान सांस पर लगाए रखें। जब आप पूरी ताक़त से सांस छोड़ेंगे, तो सांस भीतर लेने की क्रिया भी उतनी ही ताक़त से ख़ुद-ब-ख़ुद होगी।

जब आप इस क्रिया को तीन से पांच मिनट तक करते हैं, तो आपका शरीर कंपकंपा सकता है। कंपकंपी यह संकेत देती है कि आपके शरीर में एनर्जी का संचार हो रहा है। इस एनर्जी के संचार को रोकें नहीं।

दूसरा स्टेप
मुक्त क्रिया

- सांस लेना चालू रखें और इसे इस तरह करें, जैसे कि आप अपने शरीर को ढीला छोड़ रहे हैं।
- आप नाचें, गाएं, रोएं, हंसें या चिल्लाएं।
- रोज़ाना आपकी क्रिया अलग हो सकती है।
- इससे आपके भीतरी तनाव दूर होंगे, भीतरी उलझनें और तरह-तरह की कुंठाएं भी नष्ट होंगी।
- यह रेचक औषधि (Cathartic) है। यह स्तर स्वभाव में बदलाव का है। इससे आपको गहरी भावुकताओं एवं दमित विचारों से मुक्ति मिलती है। इससे घबराएं नहीं।

तीसरा स्टेप
पूरा आराम करें

- शवासन करें। फ़र्श पर लेटें। मरे हुए शरीर की तरह। शरीर के किसी भी हिस्से को न हिलाएं।
- अपना ध्यान केवल स्वाभाविक सांस पर रखें।
- हर बात के गवाह बनें। यह पूरे आराम की स्थिति है।
- दस मिनट तक आराम करें, पूरे आराम की स्थिति में।

एक दिन या एक सप्ताह तक अभ्यास करें। यदि आप ऐसा पसन्द न करें, तो इसे रोक सकते हैं। यदि आप शरीर से फिट नहीं हैं, तो आपको इस तकनीक का अभ्यास नहीं करना चाहिए।

3. नियम से प्लानिंग करके जीवन जिएं

अपनी सफलता की तय करने के लिए ख़ुद को व्यवस्थित (मैनेज) करें। ख़ुद को अनुशासित (डिसीप्लिन) करने के लिए आपको अपना जीवन व्यवस्थित करना होगा। बेहतर लाइफ़ स्टाइल सफलता की कुंजी है। एक व्यक्ति, जिसके रोज़मर्रा के काम व्यवस्थित नहीं हैं, वह किसी भी प्रकार की सफलता प्राप्त नहीं कर सकता। आपको सबसे पहले ख़ुद को अनुशासित करना होगा। अपनी रोज़ की गतिविधियों पर ध्यान दीजिए। अपना दिन-भर का कार्यक्रम बनाइए। आप इसके तरीक़े इस पुस्तक के चैप्टर 10 में देख सकते हैं। किसी भी काम को उलझे तरीक़े से मत कीजिए। टाइम प्लानिंग के सिद्धान्तों को पाठ 9 में देखें। अपने काम नियोजित ढंग से करें।

यदि आपका जीवन और कार्य बिखरे हुए हैं, तो उनके नतीजे भी बिखरे हुए ही होंगे। व्यवस्थित जीवन के नतीजे सही रूप में प्रकट होते हैं। नियमों पर चलने से जीवन में एक प्रकार की रिद्म, एक प्रकार का संगीत पैदा होता है, जो जीवन को तनावरहित कर प्रसन्नता से भर देता है। इस प्रकार एकाग्रता बढ़ती है।

एकाग्रता के कुछ उदाहरण

रॉबर्ट मिलिकेन

एक महान वैज्ञानिक (साइंटिस्ट) रॉबर्ट मिलिकेन इलेक्ट्रॉन की गति नापने का काम कर रहा था। एक दिन जब वह इलेक्ट्रॉन को माइक्रोस्कोप में देख रहा था, तो उसने कॉफ़ी लाने के लिए कहा। छप्पन घंटे के बाद उसे याद आया कि उसे अभी तक कॉफ़ी नहीं मिली।

वाचस्पति मिश्र

शादी के तुरन्त बाद वाचस्पति मिश्र ने वेदान्त के एक मुख्य ग्रन्थ ब्रह्मसूत्र पर टीका लिखनी शुरू की। उन्होंने इस पर लगातार तीस सालों तक काम किया। एक रात जब उनकी पुस्तक लगभग समाप्ति पर थी, उनके ध्यान में आया कि एक महिला उनके दीये में तेल भर रही

है। उन्होंने पूछा, "तुम कौन हो और क्या कर रही हो?" महिला ने कहा, "आर्य, मैं आपकी पत्नी हूं।" वाचस्पति मिश्र बोले, "ओह, मैं तो भूल ही गया!" वह अपने लेखन के काम में एकाग्रता के कारण विवाह के तीस वर्षों बाद तक अपनी पत्नी का ख़याल ही नहीं कर पाए। बाद में उन्होंने पत्नी के सम्मान में उस टीका का नाम ही उसी के नाम पर रख दिया।

एडम स्मिथ

आधुनिक अर्थशास्त्र (इकोनॉमिक्स) के जन्मदाता एडम स्मिथ ने कॉफी की जगह स्याही पी ली और पेन में स्याही की जगह कॉफी भर दी। जब लेखन में रुकावट आई, तो उन्हें अपनी भूल का अहसास हुआ। यह भूल उनकी अपने काम में एकाग्रता का परिणाम है।

एकाग्र मन केवल एक ही लक्ष्य से बंधा रहता है, किसी दूसरी बात पर उसका ध्यान नहीं जाता। यही एकाग्रता बड़ी सफलता देती है।

14

अक़्लमंदी की धार को तेज़ करें

एक स्वस्थ दिमाग़ एक सौ मज़बूत हाथों से श्रेष्ठ है।

– थॉमस फूलर

अच्छी तरह सोचना अक़्लमंदी है, अच्छी योजना बनाना उत्तम है और अच्छी तरह काम को पूरा करना सबसे अच्छी अक़्लमंदी है।

– फ़ारसी कहावत

थोड़ा पढ़ना, अधिक सोचना, कम बोलना, अधिक सुनना, यह अक़्लमंद बनने के उपाय हैं।

– रवीन्द्रनाथ ठाकुर

अक़्लमंदी क्या है?

कड़ी मेहनत, मन की छोटी-छोटी चालों को जानना, आज को और सच को स्वीकारना, बिना कुंठा और फ़ैसले के साफ़-साफ़ सोचना अक़्लमंदी है।

– जे. कृष्णमूर्ति

समस्याओं के विश्लेषण (एनालाइसिस) की दिमाग़ी ताक़त को अक़्लमंदी कहते हैं। यह समस्याओं को हल करने की योग्यता है। दूसरे शब्दों में, समझने, सोचने और जानने की योग्यता, जिसका सफलता के साथ इस्तेमाल भौतिक (फ़िज़िकल), मानसिक, भावनात्मक और सांस्कृतिक (कलचरल) माहौल में किया जाता है, वह अक़्लमंदी है।

अक़्लमंदी दिमाग़ में होती है। यह सोचने, देखने, सुनने, अहसास करने, सौन्दर्य-बोध (एस्थेटिक सेंस), सजगता (एवेयरनेस), ज्ञान, मेमोरी एवं प्रेरणा आदि सभी में झलकती है।

प्रसिद्ध अमेरिकी मनोवैज्ञानिक डेविड वेशले ने ठीक ही लिखा है कि 'प्रत्येक व्यक्ति के पास मानसिक प्रतिभा (टेलेंट) का भंडार है। आप भी अक़्लमंदी के भंडार हैं, परन्तु आपकी और मेरी शक्ति कई कारणों से बन्द है। एक ग़लत धारणा यह है कि हम सीमित अक़्ल के साथ पैदा हुए हैं और अक़्ल का विकास नहीं किया जा सकता, जब कि वास्तव में आपके दिमाग़ की शक्ति हदों से भी ऊपर है। आप अपने दिमाग़ की शक्ति के ताले खोल सकते हैं। लक्ष्य वाला काम, नपा-तुला

चिन्तन और अपने माहौल के अनुसार असरदार व्यवहार की कुल संचित या एकत्रित अथवा वैश्विक (यूनीवर्सल) क्षमता ही बुद्धि है।'

अपनी अक़्ल को पैना कीजिए, धार दीजिए। अक़्ल को जब पैना किया जाता है और उसे क़ाबू में रखा जाता है, तो वह काम करती है। अक़्ल को उपयोगी बनाने के लिए आपका मेहनती और उद्यमी (इंडस्ट्रीयस) होना ज़रूरी है।

अक़्लमंदी बहुत से मानसिक कारणों से भी मंद हो जाती है। इन कारणों को दूर कर अक़्ल का विकास किया जा सकता है।

यह पाठ अक़्लमंदी के भौतिक (फ़िज़िकल) कारणों के बारे में बताएगा। जो तरीक़े या उपाय बताए गए हैं, वे भी भौतिक प्रकार के ही हैं।

दिमाग़ एवं इसके काम करने की तरीक़ा भौतिक है। जिस प्रकार हम दिल को व्यायाम द्वारा मज़बूत कर सकते हैं, ठीक उसी प्रकार दिमाग़ की गतिविधियों को बदला जा सकता है। आप दिमाग़ की ताकत का विकास, दिमाग़ की संचारी व्यवस्था (सरक्यूलेटरी लाइफ़ लाइन) को विकसित करके कर सकते हैं।

अक़्लमंदी के विकास की आठ प्रैक्टिकल तकनीक

1. बाहरी दिमाग़ के केरोटिड वाल्व को फैलाने की विधि

दिमाग़ एवं इसका काम भौतिक है। यह उतना ही भौतिक है, जितना हमारे हृदय एवं लीवर। दिमाग़ की कार्य करने की ताक़त भौतिक तरीक़ों से प्रभावित होती है।

फ़िलाडेल्फ़िया इंस्टिट्यूट फ़ॉर द एचीवमेंट ऑफ़ ह्यूमन पोटेंशीयल, यू.एस.ए. ने शरीर में कार्बन डाईऑक्साइड बढ़ाने के कई तरीक़े खोजे हैं। यह संस्थान मानसिक रूप से कमी वाले बच्चों के अक़्लमंदी के आई. क्यू. को बढ़ाने में इसका इस्तेमाल करता है।

आप एक गहरा सांस बाहर छोड़ें और सांस रोक लें। ऐसा हर आधे घंटे के बाद आधा मिनट तक करें। ऐसा लगातार तीन हफ्तों तक दोहराएं। इससे आपके केरोटिड वॉल्व चौड़े होंगे और दिमाग़ में ख़ून का संचार बढ़ेगा। इससे आपकी अक़्ल का विकास होगा।

आप अपनी नाड़ियों में कार्बन डाईऑक्साइड के स्तर को बढ़ा सकते हैं, जो कि आपके केरोटिड वाल्व को चौड़ा करेगा।

इससे आपके दिमाग़ को अधिक ऑक्सीजन की ख़ुराक पहुंचेगी। यह आपके आई. क्यू. को बढ़ाएगा।

आइंस्टाइन की प्रतिभा का रहस्य

क्लोसोवस्की एवं अन्य दिमाग़ के साइंटिस्टों ने खोज की है कि दिमाग़ की सिर्फ़ उन कोशिकाओं (सेल्स) का विकास होता है, जो काफ़ी मात्रा में ख़ून की सप्लाई लाइन (एम्पल केपिलरी ब्लड सप्लाई) के पास स्थित हैं।

केरोटिड वॉल्व का जोड़ा होता है, जो दिमाग़ को जीवन देने वाली ऑक्सीजन, ख़ून एवं ख़ुराक पहुंचाता है। जब ये बहाव के लिए खुलते हैं, तो ख़ून में कार्बन डाईऑक्साइड की मात्रा भी बढ़ती है। यदि यह ज़रा-ज़रा-सी कार्बन डाईऑक्साइड बार-बार बढ़ती रहे, तो

यह इन वॉल्वों को स्थायी रूप से चौड़ा खोल देती है। इससे दिमाग़ में ख़ून का दौरा बढ़ता है। आइंस्टाइन की तेज़ अकल का यही कारण था। आइंस्टाइन के मामले में यह पाया गया कि उसके दिमाग़ में अतिरिक्त (एकस्ट्रा) ख़ून-संचार का काम होता था। उसका दिमाग़ पूरी खुराक प्राप्त करता था, इसलिए अच्छी प्रकार काम करता था।

2. मास्किंग

प्रतिदिन आधा मिनट तक आधे-आधे घंटे बाद तीन सप्ताह तक एक मास्क की सहायता से अपनी सांस को फिर से ग्रहण करें। इसके लिए एक बीच के आकार का बैग काफ़ी है। डरें नहीं, ग्रोसरी बैग (ख़लता) से किसी का दम नहीं घुटेगा। ऐसा करने में लोगों के कहने की परवाह न करें। समझिए, आपको कोई बीमारी है और आप केवल उसका इलाज कर रहे हैं।

3. पानी के भीतर तैरना

पानी के भीतर तैरने से भी आपकी सांस देर तक रुकी रहती है। इससे भी आपको लाभ होगा। रोज़ाना पानी के भीतर तैरने का अभ्यास करें। यह ज़्यादा फ़ायदेमन्द होगा, यदि आप रोज़ सुबह और शाम आधे से एक घंटा तैरें।

ओशो ने अपनी अक़ल का विकास कैसे किया?

रजनीश रोज़ाना सुबह और शाम एक घंटा पानी के भीतर तैरते थे। वे पानी के भीतर तैरने के शौक़ीन थे। इससे संकेत मिलता है कि उनकी असाधारण अक़लमंदी का कारण यही रहा होगा।

4. रेंगना

आप पेट के बल प्रतिदिन आधे से एक घंटे तक तीन सप्ताह तक रेंगें। जैसे कि बच्चे अपने प्रारम्भिक काल में रेंगते हैं। आप इसे पांच से दस मिनट के बीच में बांट सकते हैं। केवल रेंगने से हमारे देखने, सुनने, छूने की इन्द्रियों (सेंस) एवं स्थिति में परिवर्तन से बदलाव आता है। ये सभी आपकी अक़्लमंदी को बढ़ाते हैं।

5. छवि (इमेज) का बहाव

मन रूपी आंखों का इस्तेमाल करते हुए दिमाग़ से सम्बन्ध बनाइए। आराम की दशा में बैठिए। आंखों को बन्द कीजिए। किसी तस्वीर की कल्पना कीजिए। शब्दों से नहीं, आकार से अपने मन में तस्वीर बनाने का प्रयत्न कीजिए। जब तस्वीर बन जाए, उसका वर्णन ऐसी आवाज़ में करें कि आप ख़ुद सुन सकें, यह 'वर्तमान काल', यानी 'ता हूं' के रूप में करें, जैसे कि आप अभी भी उसे देख रहे हैं।

यदि आप मन में कोई तस्वीर नहीं बना सकते, तो उन सपनों को याद करने की कोशिश कीजिए, जिन्हें आप देख चुके हैं अथवा किसी सुन्दर सीन को याद कीजिए। जब ऐसा कोई चित्र मिल जाए, उसका ज़ोर से बोलकर विस्तार से और पूरा-पूरा वर्णन कीजिए। उसके रंगों, आकृतियों (शेप), संयोजन (टेक्सचर), स्थितियों, क्षणों, स्थान, चमक और उन सारी चीज़ों, जिन्हें आपने ध्यान से देखा है, का विस्तार से वर्णन करें।

एक बार में इसका दस मिनट तक अभ्यास करें। जब एक बार आप शुरू करेंगे, तो और अधिक सीन याद आएंगे। आपको इसका कम-से-कम तीन सप्ताह तक अभ्यास करना है। इमेज स्ट्रीमिंग एक

शक्तिशाली तरीक़ा है। जिसमें आप अपने दाहिने और बाएं दिमाग़ का इस्तेमाल एक साथ कर सकते हैं। इस तकनीक से आपका आई. क्यू. बढ़ेगा। अक़्ल के विकास का यह एक बहुत ही उम्दा और सरल तरीक़ा है।

6. विटामिन भी आई. क्यू. बढ़ाते हैं

हमारा साधारण भोजन ज़रूरी विटामिन एवं मिनरल्स की मांग को पूरा नहीं कर पाता।

राज बाफना की प्रसिद्ध पुस्तक 'माइंड पावर स्टडी टेक्निक्स' के अनुसार, 'विटामिंस एंड मिनरल्स लेने की मात्रा इस बात पर निर्भर करती है कि आप कितना ख़र्च कर सकते हैं।'

यदि आप सिर्फ़ दस या बीस पैसे रोज़ाना ख़र्च करने की इच्छा रखते हैं, तो मैं केवल 'विमग्रेन' गोली (साराभाई द्वारा निर्मित) अथवा 'बी काम्प्लेक्स' (ग्लेक्सो द्वारा निर्मित) रोज़ लेने की सलाह देता हूं।

यदि आप रोज़ाना थोड़ा ज़्यादा ख़र्च करने की इच्छा रखते हैं, तो मैं आपको सुझाव दूंगा कि एक गोली 'सुप्राडिन' (रोची द्वारा निर्मित) एवं दो गोली 'सेलिन' अथवा चूसने वाली 'सक्सी' (विटामिन सी 1000 एम.जी. के बराबर) रोज़ाना लें। यदि सुप्राडिन उपलब्ध न हो, तो 'मल्टीविटे एफ.एम.' (ग्लेक्सो द्वारा निर्मित) ले सकते हैं।

यदि आप इससे भी अधिक ख़र्च कर सकते हैं, तो एक गोली 'सुप्राडिन' और दो गोली 'सेलिन' या 'सक्सी' और एक कैप्सूल 'एविट 400' या 'इवियोन 400' रोज़ाना लें।

यदि आप अधिक-से-अधिक ख़र्च कर सकते हैं, तो मेरा सुझाव है कि आप किसी योग्य डॉक्टर से सलाह लें, फ़ीस दें, अपनी विटामिन की ज़रूरतों पर बातचीत करें।

मेडिकल डॉक्टरों की राय में काफ़ी अन्तर होते हैं। कुछ डॉक्टर साधारण व्यक्ति के लिए रोज़ाना विटामिन लेने की बात कहते हैं, जब कि दूसरों की राय अलग है। नोबेल पुरस्कार विजेता डॉ. लॉइनस पाउलिंग ने 'हाउ टू लिव लोंगर एंड फ़ील बेटर' पुस्तक लिखी है, जिसमें उन्होंने कौन-से विटामिन रोज़ लिए जाएं और कैसे लिए जाएं, इसका ब्यौरा दिया है।

7. अपनी संवेदनशीलता (सेंसेविटी) बढ़ाएं

जब भी आप खाएं, तो धीरे-धीरे चबाएं, स्वाद को पहचानने की कोशिश करें। कभी भी स्वाद एवं गन्ध को पहचाने बिना भोजन न करें।

आंखें बन्द करें और सतहों की जानकारी लें कि वे खुरदरी, चिकनी या सपाट हैं। इसके बाद सतह की क्वालिटी को पहचानने की कोशिश करें।

अपने टेप की आवाज़ को कम करें और उस आवाज़ को सुनें, फिर धीरे-धीरे इसे बढ़ाएं और अन्तर अनुभव करें।

आवाज़ों को पहचानने का अभ्यास करें, जो कि आप अपने रोज़मर्रा के जीवन में सुनते हैं।

गन्ध की पहचान के लिए गन्धों के अन्तर को समझने की कोशिश करें। इससे आपकी अक़्ल का विकास होगा।

8. सजगता

अपनी तमाम एक्टीविटी एवं प्रोग्रामों में सजग रहें। इससे अक़्लमंदी का विकास होगा।

विन वेन्गर ने अपनी पुस्तक 'द आइंस्टाइन फ़ैक्टर' में इन सारे तरीक़ों को अच्छे नतीजे के लिए इलाज के तौर पर कम-से-कम तीन सप्ताह तक दोहराने की राय दी है।

15

लगे रहो, लगे रहो, लगन से

ज़्यादातर लोगों की असफलता का कारण अवसर को नहीं पहचान पाना है, क्योंकि अवसर कड़ी मेहनत के रूप में छिपकर आता है।

– आदित्य बिड़ला

जिसको लगन है, वह साधन जुटा लेता है, यदि नहीं जुटा पाता, तो वह उन्हें स्वयं बना लेता है।

– प्रेमचंद

महान उपलब्धियां (एचीवमेंट) सिर्फ़ बड़ी कोशिशों से ही मिलती हैं। विशेष ढंग से काम करें और अपने लक्ष्य को पाएं। सफलता का रास्ता काम ही है। धरती पर कोई भी व्यक्ति काम किए बिना आगे नहीं बढ़ सकता। यह सफलता की एकमात्र चाबी है। आपने सुना होगा, 'विचार ही वस्तु है', परन्तु यह तभी हो सकता है, जब हम विचारों को काम के रूप में साकार करें।

कड़ी मेहनत क्या है?

किसी वस्तु को बनाने या काम को पूरा करने के लिए की गई लगातार प्रयत्न ही कोशिश मेहनत है।

कड़ी मेहनत का अर्थ यह नहीं है कि आप कितने घंटे काम करते हैं यह तो ईमानदारी से लगातार किया जाने वाला वह काम है, जिसमें आप समय को भूल जाते हैं।

वास्तव में कड़ी मेहनत को समझाया नहीं जा सकता। केवल सुस्त एवं आलसी लोग ही किसी काम को 'बहुत मुश्किल' कहकर पुकारते हैं। मेहनती के लिए वही काम सरल होता है।

मनपसन्द दिशा में दिल से किया गया काम सफलता के लिए पहली शर्त है। लगातार किए जाने वाले काम को ही कड़ी मेहनत कहते हैं।

अपने अमूल्य समय का एक-एक क्षण मेहनत में ख़र्च करना चाहिए। इसी में आनंद है।

– इमर्सन

कड़ी मेहनत क्यों करें?

सफलता प्राप्ति में काम की बड़ी भूमिका है। कोई भी बड़ी सफलता काम किए बग़ैर नहीं मिलती। आप काम में विश्वास कीजिए और नतीजा प्राप्त कीजिए। काम का कोई मुक़ाबला नहीं है।

आप काम के बिना सफलता कैसे प्राप्त कर सकते हैं? सफलता के लिए कोई 'शॉर्ट-कट' नहीं है। आपको कड़ी मेहनत करनी है। न केवल मुश्किल काम, बल्कि ईमानदारी एवं दृढ़ता के साथ काम ज़रूरी है। यदि आप काम नहीं करते हैं, तो आप अपना समय और एनर्जी बेकार ही नष्ट करते हैं। समय एवं एनर्जी को इकट्ठा तिजोरी में नहीं रखा जा सकता। जिस किसी ने भी सफलता प्राप्त की है, कड़ी मेहनत से ही की है। आदमी को उसके काम से जाना जाता है, सुन्दर चेहरे से नहीं।

कड़ी मेहनत से सफलता

शिखर पर काफ़ी जगह ख़ाली है, किन्तु बैठे-बैठे तो वहां नहीं पहुंचा जा सकता। उसके लिए लगातार कड़ी और अथक मेहनत करने की ज़रूरत है।

- **एन. वेबस्टर** ने तीस सालों तक लगातार काम किया, तब पहले अंग्रेज़ी शब्दकोश की रचना विश्व में हो पाई।
- **जॉन वॉनक्राफ्ट** ने तेईस सालों तक लगातार काम करके अमेरिकी इतिहास लिखा।

- **गिब्बन** ने बीस सालों तक लगातार काम करके 'फ़ॉल ऑफ़ रोम एम्पायर' पुस्तक लिखी।
- **जेम्स वॉट** ने बीस सालों तक काम करके भाप के इंजन का आविष्कार किया।
- **जॉर्ज स्टीफ़ेंस** ने लगातार पन्द्रह सालों तक रेल इंजन को बनाने के लिए काम किया।
- **विलियम हार्वे** ने लगातार आठ सालों तक रक्त-संचार (ख़ून के दौरे) का अध्ययन किया।
- **विक्टर ह्यूगो** ने अपने प्रसिद्ध उपन्यास 'नोत्रे देम द पेरिस' के पूरा होने तक कपड़े नहीं बदले।
- **एलेक्जेंडर ड्यूमा** ने रोज़ अठारह घंटे तक लेखन का काम किया और यह क्रिया चालीस सालों तक चली।
- **महमूद गज़नवी** ने भारत पर सत्रह बार आक्रमण किया, जब तक कि उसे सफलता नहीं मिल गई।
- **टॉल्सटॉय** ने 'वार एंड पीस' को प्रकाशक को देने से पहले अस्सी बार लिखा।
- **विवेकानन्द** अपने साधना-काल में रोज़ाना सिर्फ़ दो घंटे सोते थे।
- **डॉ. राधाकृष्णन्** जब सोवियत संघ में राजदूत थे, तब रोज़ाना अठारह घंटे पढ़ते थे।

- **इन्दिरा गांधी** ने 1980 के चुनाव में एक दिन में 64 भाषण दिए। उन्हें उस दिन नाश्ते का भी समय नहीं मिला।

- स्कॉटिश हास्य कलाकार **हेरी टाउडर** ने एक गाने का 10,000 बार अभ्यास किया।

ख़ुद से पूछिए, "ऐसी कितनी कोशिशें आप लगातार कर रहे हैं?"

अपने आलस को मैंने कैसे दूर किया

मैंने आलस की समस्या से मुक्ति कैसे पाई? मैं बहुत ही सुस्त लड़का था। मैं बहुत-सी चीज़ें चाहता था, लेकिन मेहनत नहीं करना चाहता था, क्योंकि मेहनत करना मुझे पसन्द नहीं था। मैं महत्त्वाकांक्षी (एंबीशस) था। बिना मेहनत के बहुत कुछ पाना चाहता था। मैंने कुछ सरल तरीक़े अपनाए, जादू और तन्त्र-मन्त्र पर विश्वास किया। कभी मैं सोचता था कि ईश्वर या महान सन्तों के आशीर्वाद से कोई भी वस्तु पाई जा सकती है।

लेकिन जब मैंने कड़ी मेहनत के बारे में पढ़ा, तो ख़ुद को बदलने का फ़ैसला किया। चमत्कारों से कुछ नहीं होता।

यदि कोई व्यक्ति उन्नति करता है, तो वह कड़ी मेहनत से ही सम्भव है। सुस्त बैठे रहना, समय बेकार गंवाना है। निरी मूर्खता है। जल्दी ही मैंने अनुभव किया कि मैं अपनी शक्ति, अक़्ल एवं उत्साह खो रहा हूं।

मैं प्री–मेडिकल टेस्ट में फेल हो गया। तब मैंने अपनी असफलता के कारणों का पता लगाया। मैंने स्वेट मार्डेन की पुस्तक 'सेल्फ़ कॉन्फ़िडेंस' पढ़ी। जब मैंने इस पुस्तक को पढ़ा और अपने फेल होने के कारणों को समझा, तो कड़ी मेहनत के महत्त्व को समझ पाया और उसे जीवन में अपनाया।

कड़ी मेहनत करने की पांच प्रैक्टिकल तकनीक

1. भावनाओं को कंट्रोल करें

जीवन एनर्जी से पूर्ण है। यह एनर्जी तरह-तरह से प्रकट होती है, जैसे भावनाएं, संवेदनाएं (इमोशन्स)। यदि ये भावनाएं, संवेदनाएं संतुलित (बेलेंसड) और एकरूप हैं, तो आप तनाव से मुक्त रहेंगे। एक तनाव से छुटकारा पाया व्यक्ति बिना थके जीवन में एनर्जी एवं समय की बचत करता है।

भावना से भरा जीवन हमारे विचारों से जुड़े जीवन से कंट्रोल होता है। इसलिए अपने विचारों पर नज़र रखिए। बेकार के विचारों को दूर कीजिए।

अचानक उठने वाली भावुकताओं को सही करें। भावनाओं उतार-चढ़ाव से दूर रहें। सन्तुलित जीवन जीने की कोशिश करें।

अपनी भावना और विचारों के ढांचे पर पूरा ध्यान दीजिए। आप कैसे रह रहे हैं? अपनी भावुकताओं को सन्तुलित करें। ठीक प्रकार से एक जैसे भावों में जिएं। तब कड़ी मेहनत करने की आपकी ताक़त का विकास होगा।

एडिसन की सफलता का राज़

प्रतिभा में एक प्रतिशत प्रेरणा और निन्यानवे
प्रतिशत पसीना होता है।

– एडिसन

थॉमस अल्वा एडिसन अपने समय का सबसे धनवान व्यक्ति था। वह एक वैज्ञानिक था। उसने 1100 से भी अधिक उपकरणों (एप्लीकेंस) का आविष्कार किया। उसने ग्रामोफ़ोन एवं टेलीफ़ोन का आविष्कार बहुत छोटी उम्र में ही कर लिया था। वह ईमानदार एवं मेहनती था। एक बार उसने लगातार अड़तालीस घंटे तक बिना टॉयलेट जाए काम किया। एक बार वह लगातार

पांच दिन तक बिना सोए काम करता रहा। उसने एक नई प्रकार की बैटरी का आविष्कार करने से पहले लगभग 60,000 प्रयोग (एक्सपेरीमेंट) किए।

श्रीमती एडिसन ने अपने पति के बिना थके काम करने के तरीक़े के कारणों को साफ़ किया। उसने बताया, "उनके जीवन में कहीं आलस, अव्यवस्था, संघर्ष, तुरत–फुरत दिमाग़ी परिवर्तन, भावना की अस्थिरता (अनस्टेबलिटी) का स्थान नहीं था। वह तब तक काम करते, जब तक उन्हें नींद की ज़रूरत नहीं होती। ज़रूरत होने पर वह गहरी नींद सोते। जागने पर फिर अपने काम में लग जाते।"

उन्होंने अपने में इस एनर्जी का संचय भावुकताओं पर अपने अधिकार एवं पूरे आराम की योग्यता से किया।

2. अपने काम से प्रेम करें

जब आप अपने काम से प्रेम करेंगे, तो काम से थकान नहीं होगी, तब यह एक खेल लगेगा।

आनन्द और दर्द के सिद्धान्त का इस्तेमाल करें और इस प्रकार अपने काम के प्रति रुझान में परिवर्तन करें।

जब आप कड़ी मेहनत कर रहे हों, तो आनन्द का अनुभव करें। फिर सहज ही आप अपने काम से प्रेम करने लगेंगे।

कड़ी मेहनत कभी बेकार नहीं जाती, वह लक्ष्य का रास्ता दिखाती है।

3. अपने काम में आनन्द लें

आनन्द एवं उत्साह के बिना कभी किसी ने कुछ भी हासिल नहीं किया।

अपने काम में आनन्द का अनुभव करें। आपका लक्ष्य (गोल) अभी दूर हो सकता है। लम्बे समय के लक्ष्य को पाने में आपको कड़ी मेहनत की ज़रूरत होती है। यदि आप आज अपने काम में आनन्द का अनुभव करेंगे, तो यह आनन्द अपने-आप में आज के काम का इनाम है। यह बात आपको अपने लक्ष्य तक पहुंचने में सहयोग करेगी, परन्तु अब सोचिए कि आपका कम समय लक्ष्य क्या है? काम और काम, जो ख़ुद-ब-ख़ुद इस क्षण का लक्ष्य या पुरस्कार है।

कुछ मनोवैज्ञानिक अध्ययनों से भी आप अपनी थकान के कारणों को जान सकते हैं। कड़ी मेहनत से आप थकान का अनुभव नहीं करेंगे। अपने काम से अरुचि होने पर ही आप थकान और निराशा का अनुभव करते हैं। ऐसे लोग, जो कड़ी मेहनत द्वारा उत्पादन (प्रोडक्शन) से जुड़े होते हैं, कभी-कभार ही थके होने की शिकायत करते हैं।

यदि आप अपने काम में आनन्द नहीं ले सकते, तो आप कड़ी मेहनत नहीं कर सकते। सफलता इतनी आसान नहीं है। हरेक को उसकी क़ीमत चुकानी पड़ती है।

अपने काम का सम्मान कीजिए और आप सब ओर से उसके लिए सम्मान पाएंगे।

4. शरीर से तन्दुरुस्त रहें

यदि हम शरीर से कमज़ोर होंगे, तो कड़ी मेहनत नहीं कर सकेंगे। अतः अपनी तंदुरुस्ती का ध्यान रखें और ख़ुद को मेहनत कर सकने योग्य बनाएं।

5. मेहनत करने की आदत बनाएं

लगातार काम करने की आदत का विकास करें। काम का कोई दूसरा विकल्प नहीं है। काम का कोई छोटा रास्ता, यानी शॉर्ट कट भी नहीं है। काम ही पूजा है। इसलिए अपने काम में रुचि पैदा करें। काम के प्रति एकाग्रता रुचि के अनुसार बढ़ती जाती है।

काम को पूरी आशा, प्रसन्नता, लगन एवं दृढ़ता से करें। यही सफलता की चाबी है।

16

शब्दों के बाज़ीगर बनें

शब्द की चोट आग की जलन से भी तेज़ होती है।

– चाणक्य

शब्द एक धागा है, जिसमें हम अपने अनुभव पिरोते हैं।

– एल्डस हक्सले

शब्द की शक्ति हमारी सारी उन्नति का आधार है।

– जैनेन्द्र कुमार

दो मित्र लम्बे समय बाद मिलते हैं। एक दूसरे से पूछता है, "जनाब कैसे हैं?" दूसरा जवाब देता है, "शानदार।" यह आम उत्तर नहीं था। सुनने वाले को हैरानी होती है, परन्तु धीरे-धीरे वह महसूस करता है कि उसका दोस्त भीतर से ख़ुश है, यानी 'अच्छा' की बजाय 'शानदार' शब्द के इस्तेमाल ने अनुभव बदल दिया। सिर्फ़ सुनने वाला ही नहीं जवाब देने वाला भी बेहतर महसूस करता है।

आत्म–ध्वंसन : शक्ति के नाश का शब्द

चलिए दूसरा उदाहरण लें। मान लीजिए कि कोई प्रतियोगी परीक्षा में फेल हो जाता है और कहता है कि "मैं फेल हो गया।" शब्द 'फेल' का इस्तेमाल इससे जुड़े सभी विचारों को मन में जन्म देता है। 'मैंने खो दिया', 'मैं हार गया', 'मैं दोषी हूं', 'मेरा भाग्य ख़राब है', 'मैं उन्नति नहीं कर सकता', 'मेरे दिन ख़राब चल रहे है', 'मैं अपने रिश्तेदारों और दोस्तों को मुंह कैसे दिखाऊं', इस प्रकार के निराशा वाले भाव मन में उठते हैं।

हालांकि अवचेतन रूप से आप इसके प्रति सजग नहीं होते हैं। इस तरह अनजाने ही अपना मूड ख़राब कर लेते हैं।

शक्ति के प्रेरक शब्द का इस्तेमाल

'फेल' की बजाय 'सबक़ सीखा' शब्द का इस्तेमाल करने पर मन के सारे भाव बदल जाते हैं। इस शब्द के साथ बहुत-सी आशा भरी एवं रचनात्मक (पॉज़िटिव) धारणाएं जुड़ी रहती हैं। इससे व्यक्ति के मन में

आएगा कि 'मेरे पास अभी भी अवसर है', 'मुझे अभी गम्भीर होने की ज़रूरत है', 'मुझे अधिक एकाग्र होना पड़ेगा', 'मुझे अपनी कोशिशें तेज़ करनी होंगी', 'इसको मुझे भूलना पड़ेगा', 'मुझे अब नए सिरे से तैयारी करनी चाहिए'। इस प्रकार के आशा भरे भाव या विचार मन में उठेंगे, तो इससे सहज ही आपमें शक्ति एवं आशा का संचार होगा।

प्रत्येक शब्द एक कंटेनर है। इसके साथ ख़ास अर्थ एवं कुछ धारणाएं जुड़ी होती हैं। इसलिए सीमित करने वाले शब्द का इस्तेमाल न करें। शब्दों का इस्तेमाल बदलें, आप अपने आपको बदला हुआ अनुभव करेंगे। अगर आपने प्रेरक शब्द का इस्तेमाल किया, तो आपका नज़रिया पूरी तरह बदल जाएगा और आप ख़ुद को प्रेरित अनुभव करेंगे।

अपनी आदत में शुमार शब्दों के इस्तेमाल पर हमें ध्यान देना चाहिए। ध्यान देते हुए शक्ति के प्रेरक शब्दों का इस्तेमाल करना चाहिए। यह सोच हमारे में गति पैदा करेगी। आपके विचार आपके शब्द बनते हैं, आपके शब्द आपके काम बनते हैं, अपने कामों के प्रति सजग हों, वे आपकी आदत बनाते है, अपनी आदतों को जानें, वे आपका चरित्र बनाती हैं।

शब्दों का इस्तेमाल कैसे प्रभावित करता है

सोचने का आधार शब्द है। अगर हम सही शब्द का इस्तेमाल करेंगे, तो हमारा नज़रिया भी सही होगा। शब्द व्यक्ति को अभिव्यक्ति देते हैं। भाव, अनुभव, इच्छा आदि को आप शब्द द्वारा ही व्यक्त करते हैं। सही शब्द रूपी गाड़ी में सवार होकर ही हम जीवन की यात्रा पूरी करते हैं। आप जिन शब्दों को व्यवहार में लाते हैं, उनके आदी हो

जाते हैं। ख़ास शब्द का इस्तेमाल करने से आपका स्नायु-तन्त्र ख़ास भाव से जुड़ जाता है। इसका परिणाम यह होता है कि ख़ास शब्द से ख़ास भाव जुड़ जाते हैं। ख़ास भाव से वह शब्द भी याद आ जाता है। कुछ शब्दों के बार-बार इस्तेमाल करने से वे हमारी आदत बन जाते हैं, और हमारे नज़रिये को तय करते हैं।

ख़ास शब्द का इस्तेमाल बदलकर आप अपने व्यवहार, अनुभव एवं जीवन को बदल सकते हैं। आशा, प्रसन्नता, विजय और आनन्द को बढ़ावा देने वाले शब्दों का रोज़मर्रा के जीवन में इस्तेमाल कर ख़ुद को बदलें।

असफलता, पराजय, दुख एवं नकारात्मकता को बढ़ावा देने वाले शब्दों के इस्तेमाल से बचें।

कुछ शक्ति के प्रेरक शब्द नीचे दिए जा रहे हैं। मेरे इन शब्दों का आधार एन्थनी रोबिन्स की कृति 'अवेकन द जाइंट्स विदिन' है –

रूपान्तरण (ट्रांसफ़ॉर्मेशन) करने वाली शब्दावली

नकारात्मक भाव में अभिव्यक्ति	**सकारात्मक भाव में रूपान्तरण**
मैं अनुभव करता हूं...	**मैं अनुभव करता हूं...**
नाराज़	हैरानी
डरा हुआ	असुविधाजनक (अनइज़ी)
चिन्तित	थोड़ा ध्यान देना

- भ्रमित
- दबाव में
- नष्ट
- उपेक्षा
- नफ़रत
- थका हुआ
- असफल
- भयानक
- कुंठित
- अपमानित
- मैं नफ़रत करता हूं
- असुरक्षित (अनसीक्योर)
- तौहीन
- चिढ़ा हुआ
- ईर्ष्यालु
- आलसी
- मायूस

- जिज्ञासु
- काम के पहले शान्त
- धक्का लगना
- देरी
- आश्चर्यजनक
- फिर से शक्ति ग्रहण करना, यानी रीचार्जिंग
- सीखना
- जांच
- अभिनंदन
- असुविधाजनक
- मैं इसे तव्वजो नहीं देता
- प्रश्न करना
- ग़लत समझ
- उत्तेजित
- अधिक प्यार
- एनर्जी जुटाना
- ऊर्जावान

तिरस्कृत	अनदेखा
समस्याएं	समझ नहीं पाना, चुनौती
उदास	विचार की तलाश
मूर्ख	सीखना
भयानक	अलग

अच्छे शब्द	**महान शब्द**
मैं अनुभव करता हूं...	**मैं अनुभव करता हूं...**
सावधान	ऊर्जावान
बिल्कुल सही	शानदार
विश्वास योग्य	निरंतर
सुविधाजनक	टूटा हुआ
दृढ़ निर्णय	अटल
उत्साहित	उत्तेजित
अतिकल्पित	अद्भुत
तेज़	प्रक्षेपास्त्र की तरह
कर्म करें	कर्म महा ही
अच्छा अनुभव करना	कुछ विशाल

- बढ़िया
- केन्द्रित
- क़िस्मतवाला
- पूरा
- मज़ाक़
- प्रसन्न
- अच्छा
- अच्छा
- अच्छा
- महान
- महान
- महान
- प्रसन्न
- प्रसन्न
- गहन
- रुचिवान
- रुचिकर
- आश्चर्यजनक
- ऊर्जावान
- अविश्वसनीय रूप से भाग्यशाली
- भरा हुआ
- जीवन्त
- आनन्द
- बेहतर, शानदार
- गतिशील
- जादू
- आश्चर्यजनक
- अदृश्य
- विशिष्ट
- प्रभु की कृपा है
- आनन्दित
- लेसर किरण की तरह
- विस्मयकारी
- मनलुभावन

- पसन्द
- प्यार किया
- प्यारा
- प्रेरित किया
- प्रेरित किया
- अच्छा
- कोई समस्या नहीं
- ठीक-ठाक
- ठीक-ठाक
- ध्यान देना
- पूर्ण
- शान्तिमय
- शक्तिशाली
- थोड़ा ठीक
- कुंठित
- जल्दी
- साधन सम्पन्न
- विलक्षण

- आराम मिला
- पूजा करना
- जुनूनी
- जोर दिया
- गति दी
- शानदार
- प्रसन्न हूं
- ऊर्जावान
- मस्त, मज़ेदार
- केन्द्रित (फ़ोकस)
- असाधारण
- अविस्मरणीय
- अविजित
- महान
- समझना
- विस्फोटक
- पहुंच वाला
- प्रतिभाशाली

- सुरक्षित
- केन्द्रित
- आश्वस्त
- विश्वस्त
- सुघड़/तेज़-तर्रार
- वरदानवाला
- मज़बूत
- अविजित
- शानदार
- धमाकेदार
- स्वादिष्ट
- तृप्ति देने वाला
- भयंकर
- अतीन्द्रिय
- ग़लत
- भूल-चूक

आप ख़ुद को बदलने के लिए कम-से-कम दो माह तक इन शब्दों का इस्तेमाल करें, तभी ये आपकी आदत में आएंगे।

17

अपनी बात पहुंचाना

बातचीत का अच्छा ढंग यही है कि प्रसंग के साथ तर्क भी हो, उदाहरणों और कथाओं के साथ उपाय भी रहें, प्रश्नों के साथ राय भी दी जाए और हंसी के साथ काम की बात भी रहे।

– बेकन

ज़बान का घाव तलवार से भी अधिक गहरा होता है।

– कहावत

शब्द से नहीं, व्यवहार से दिल जीता जाता है।

– एल्बर्ट हवार्ड

आप क्या बातें करते हैं या कैसे करते हैं, यह उतना ख़ास नहीं है, जितना यह कि आप क्या और कैसे बात पहुंचाते हैं। बात करना एक कला है, इसलिए आपको इसको दो बातों में माहिर होना पड़ेगा।

- पहला, आप क्या बात करते हैं : बात का विषय।
- दूसरा, बात कैसे करते हैं : बात करने की कला।

ज़्यादा बातें नहीं, बल्कि बात की क्वालिटी प्रभाव पैदा करती है। दूसरों तक पहुंचने के लिए बातचीत ख़ास तरीक़ा है।

प्रभावशाली बातचीत की तेरह प्रैक्टिकल तकनीक

1. योजना बनाएं, फिर बोलें

बातचीत करने से पहले बातचीत का उद्देश्य आपके मन में साफ़ होना चाहिए। किसी भी बातचीत में तीन चीज़ें होती हैं :

A. वक्ता

B. सन्देश

C. श्रोता

आपको इन तीनों चीज़ों पर पूरा ध्यान देना चाहिए।

अगर बातचीत करने का उद्देश्य ख़ास और हद में है, तो आपकी बातचीत असरदार होगी। बातचीत के दौरान अपने को समेटें, इससे आपकी एनर्जी और समय बेकार की बातों में ख़र्च नहीं होंगे। विषय साफ़ एवं हद में होना चाहिए।

उद्देश्य से परे बातचीत को गपशप कहते हैं। बात का उद्देश्य दिमाग़ में रखिए, क्योंकि हो सकता है कि जब आप बात कर रहे हों, तो उसका उद्देश्य आपके दिमाग़ में हो भी और नहीं भी। यह सावधानी और कंट्रोल में रखते हुए आपको ख़ासियत प्रदान करती है।

इसलिए बोलने से पहले योजना ज़रूर बनाएं। आप 'किस विषय' पर और 'क्यों' बात कर रहे हैं, बार-बार यह प्रश्न ख़ुद से पूछें। इससे आपकी बातचीत सार से भरी, उद्देश्य से पूर्ण, विषयवार एवं असरदार बनेगी। बातचीत करते समय अपने उद्देश्य के प्रति सजग रहें। आमतौर पर हम नीचे लिखे चार कारणों से बातचीत करते हैं –

1. काम प्रस्तुत करना या एक्शन लेना।
2. सूचना देना।
3. प्रभावित करना एवं समझाना।
4. मनोरंजन करना।

2. रुचि न होने पर भी मन लगाकर बात करें

पूरे मन से बात करें। हमलावार अंदाज़ से बात न करें। ज़बान किसी भी तरह से ग़लत इस्तेमाल के लिए नहीं मिली है। सकारात्मक (पॉज़िटिव) बातचीत करें। दूसरे व्यक्ति की बात का हां में जवाब दें। उदाहरण के लिए जब आप उससे सहमत न हों, तो इस प्रकार कहें, "मैं तुम्हारे विचार की क़द्र करता हूं, लेकिन मेरी राय कुछ और है।" या "आप अपनी नज़र से सही हो सकते हैं, लेकिन मेरी राय अलग है।"

3. देह-भाषा (बॉडी लैंग्वेज) को समझें और उसका इस्तेमाल करें

देह (बॉडी) की अपनी एक सशक्त भाषा (लैंग्वेज) होती है, जिसमें वह अभिव्यक्ति देती है। आपके शरीर के हाव-भाव, आंखों की हलचल, चेहरे के भंगिमाओं एवं इशारों का ज्ञान होना चाहिए। कभी-कभी कुछ लोग शब्दों में अपनी बात नहीं कह पाते, इसलिए आपको देह की भाषा भी पढ़ना आना चाहिए।

4. ध्यान से सुनें

दूसरे के विचारों को ध्यान से सुनें। कभी-कभी सुनना भी समझने के बराबर हो जाता है। अपने दिल को भी मौक़ा दें, दिल से भी सुनें। बातचीत दोनों तरफ़ से होती है, एकतरफ़ा नहीं होनी चाहिए।

5. बातचीत को घटनाओं एवं उदाहरणों से सजाएं

आपको अपनी बात सही उदाहरण के साथ पेश करनी चाहिए, जिससे आपकी राय साफ़ और असरदार हो सके।

6. बातचीत को अपना टच (स्पर्श) दें

सुनने वाले का ध्यान खींचने के लिए उसे नाम से पुकारें। प्रत्येक व्यक्ति को अपना नाम सबसे प्यारा होता है। इस बात का ध्यान रखें।

मेरे विचार से तो परिवार के सदस्यों को भी आदर के साथ नाम से पुकारें। हालांकि हमारे देश में लोग नहीं चाहते हैं कि उन्हें कोई

नाम से बुलाए। नेपोलियन अपने सैनिकों को उनके नाम से पुकारता था। वह एक लाख से भी अधिक सैनिकों को पहचानता था।

7. विशेषताओं के साथ बयान करें

विशेषताओं के साथ विषय का बयान करें, जिससे सच्चाई सामने आए। इससे बातचीत असरदार बन पड़ेगी। सुनने वालों का विश्वास जीतने के लिए ख़ास बयान ज़रूरी होते हैं।

8. नाटकीय (ड्रेमेटिक) ढंग से बातचीत करें

क्या कभी आपने सोचा है कि विज्ञापनों में इसका किस तरह इस्तेमाल होता है? वे सिर्फ़ आपको अपना बनाने, यानी फुसलाने के लिए ऐसा करते हैं, तो आप इस कला का इस्तेमाल क्यों नहीं करते?

9. चित्रात्मक (विजुअल) शब्दों का इस्तेमाल करें

उन शब्दों का इस्तेमाल करें, जिनसे दिमाग़ में तस्वीर उभरती हो, क्योंकि 85% सूचनाएं हम आंखों द्वारा ग्रहण करते हैं। कानों से सुनकर एवं छूने की तुलना में हम आंखों द्वारा 25 गुना अधिक सीखते हैं।

10. उच्चारण (प्रोनाउंसिएशन) ठीक होने पर ध्यान दें

बोलने की रफ़्तार धीमी होनी चाहिए। विराम (स्टॉप) का सही इस्तेमाल करें। धीमी आवाज़ में बोलें।

11. बेकार के तर्क (आरग्यूमेंट) न दें

बहस न करें। इधर-उधर की बात करना बेकार है। सीधी एवं साफ़ बात करें। ख़ामोशी की भी एक भूमिका है। आप सिर्फ़ तर्क द्वारा किसी को नहीं समझा सकते। तर्क की एक हद होती है। इसलिए बहस से बचें। ख़ामोश रहकर शक्ति को इकट्ठा करें।

12. कम न बोलें

अपनी बात को साफ़ करने के लिए बोलें। आपका भाव साफ़ होना चाहिए। कभी-कभी ज़रूरत से कम बोलना आपके उद्देश्य को समाप्त कर देता है।

13. नकारात्मक (निगेटिव) बातचीत बेकार है

कैकेयी की दासी मन्थरा को कोई भी इनाम आख़िरी रूप में नहीं मिला। मन्थरा ने ही कैकेयी को समझाया था कि राम को चौदह साल का वनवास और भरत को राजगद्दी मिले। इसलिए नकारात्मक बातचीत न करें।

बातचीत में अच्छे स्वभाव का होना, अक़्ल से भी अधिक महत्त्वपूर्ण है।

– जोज़फ़ एडीसन

मनुष्य के चरित्र का पता उसकी बातचीत से चल जाता है।

– मीनेन्डर

प्रभावशाली वक्ता कैसे बनें?

अपने विचारों को प्रभावशाली ढंग से रखने पर

आप ख़ुद को उनके (लोगों के) बीच पाएंगे।

– डेल कारनेगी

बिना डर के जनता के बीच बोलना एक कला है। जो ढंग से बोल सकता है, वही जनता का लीडर बन सकता है। लीडर बनने के लिए यह पहला और सबसे ज़रूरी गुण है।

अगर आप लीडर बनना चाहते हैं, तो आपको स्टेज पर बोलना आना चाहिए।

अच्छी बोलचाल वह मानी जाती है, जो सहज हो, जैसे कि आप अपने मित्रों से बात कर रहे हैं। अपनी बातचीत को अपनेपन और गैरबनावटी शैली में ढालें।

अपने सुनने वालों की आंखों में देखें, उनकी अनदेखी न करें। उनके सिर के ऊपर या फ़र्श के पर न देखें। ऐसा करने से बातचीत एकतरफ़ा हो जाती है। इससे आपकी बात उन तक पहुंचाने की ताकत घटती है।

बातचीत के प्रैक्टिकल व प्रभावशाली 13 उपाय भी स्टेज पर बोलते वक्त उपयोगी हो सकते हैं। इनका अभ्यास लगातार करने से आप सफल वक्ता बन सकते हैं। ये आगे दिए जा रहे हैं। इनका पालन करें –

1. स्टेज के डर को कैसे जीतें?

प्रत्येक व्यक्ति को बातचीत करना आसान लगता है, जब कि भाषण (स्पीच) देना मुश्किल माना जाता है। अपने होने वाली अच्छाई-बुराई से बोलने वाला डरता है, नहीं तो वहां कोई डर नहीं है।

स्टेज के डर को जीतें। आसमान आप पर नहीं गिर पड़ेगा। आपके सुनने वाले जंगली नहीं हैं। वे आप और हमारी तरह ही हैं।

अपने दोस्तों के बीच अभ्यास करके भी आप डर को जीत सकते हैं।

2. भाषण (स्पीच) कैसे शुरू करें?

अपनी बातचीत किसी दिलचस्प तथ्य, घटना, कहानी, उदाहरण या आदर्श वाक्य (सूक्ति) से शुरू करें। श्रोताओं में उत्सुकता जगाएं, ताकि आपको सुनने में उनकी रुचि बढ़े।

3. अपने भाषण को पहले से तैयार करें

एक साथ अनेक बिन्दुओं पर न बोलें। आप सभी बिन्दुओं को थोड़े समय में नहीं समझा सकते। इसलिए सिलसिलेवार बिन्दुओं पर बोलते चलें। सुनने वाले की चाहतों का ध्यान रखें। चित्रात्मक शब्दों का इस्तेमाल करें, जिससे सुनने वाले मन में तस्वीर बना सकें। ऐसे शब्द या वाक्यों का इस्तेमाल करें, जिनसे मन में तस्वीर बन सके।

मामूली घटनाओं के भी ख़ास अर्थों और सन्दर्भो (रेफ़रेंसेज़) का बयान करें। जनता गैरमामूली चीज़ों में रुचि रखती है।

आदर्शों (आइडियल) के लिए प्रेरित करें। जनता इन्हें पसन्द करती है।

4. भाषण का अन्त कैसे करें

भाषण का अन्त करने का फ़ैसला पहले ही कर लेना चाहिए। भाषण की समाप्ति बहुत ख़ास होती है। मैं यहां पर डेल कारनेगी द्वारा भाषण समाप्ति के उपायों को अपने अन्दाज़ में दे रहा हूं –

1. सार बताना, ख़ास प्वाइंट्स बिन्दुओं को फिर से बोलना।
2. मन लगाकर काम करने के लिए अपील करना।
3. सुनने वालों को धन्यवाद ज़रूर देना।
4. हंसी की कोई बात करना।
5. किसी विषय के अनुसार दोहे, शेर या कविता को पढ़ना।
6. प्रसिद्ध आदर्श वाक्य (कोटेशन) बोलना।
7. ऊंचाई पर पहुंचाना।

जब कभी भाषण देने का अवसर मिले, तो उसका पूरा इस्तेमाल करें। अच्छे वक्ता बनने की सबसे बड़ी चाबी अभ्यास है।

आपने क्या सीखा?

1. एकाग्रता (कांशसनैस) बढ़ाने की प्रैक्टिकल तक़नीकें क्या हैं?

2. कुंठा (फ्रस्ट्रेशन) से छुटकारे के लिए क्या-क्या करें?

3. क्या विटामिन भी आई. क्यू. बढ़ाते हैं?

4. बुद्धि बढ़ाने के तरीक़े क्या हैं?

5. कड़ी मेहनत करके सफल होने वाली कुछ हस्तियों के बारे में बताएं।

6. ट्रान्सफ़ॉरमेशन करने वाले 10-10 नकारात्मक व सकारात्मक शब्द बताएं।

7. असरदार बातचीत के कौन-कौन से तरीक़े हैं?

छठा खंड

सम्बन्ध

हमारा जीवन गूंज की तरह है,
जो हम देते हैं, वही लौट कर आता है।
हमारे सारे सम्बन्ध विश्वास, दया, समझ
एवं त्याग से बनते हैं, ईर्ष्या, स्वार्थ,
अहंकार और बुरे व्यवहार से नहीं।

18

रिश्ते–नाते जानिए इनका राज़

जब आप दूसरों के प्रति अच्छे होते हैं, तब आप अपने प्रति ख़ुद-ब-ख़ुद अच्छे हो जाते हैं।

– बेंजामिन फ्रैंकलिन

ज़रूरत से पहले दोस्त बना लेना चाहिए।

– प्राचीन कहावत

साफ़-सुथरे संबंध हमेशा उन्नति में सहायक होते हैं।

– एक विचार

हमारा जीवन गूंज की तरह है। जो हम देते हैं, वही लौटकर आता है। हमारे सारे सम्बन्ध विश्वास, दया, समझ एवं त्याग से बनते हैं, ईर्ष्या, स्वार्थ, अहंकार और अशिष्ट व्यवहार से नहीं।

जीवन में रिश्ते–नातों की भूमिका

जीवन रिश्ते-नातों के धागों से बुना हुआ है। हमारा जीवन रिश्ते-नातों के चारों ओर घूमता है। इसको मनोवैज्ञानिक ढंग से समझना और चलाना चाहिए। इसके लिए आपको रिश्ते-नाते बनाने की कला सीखनी चाहिए।

आप अपने रिश्ते-नातों से जाने जाते हैं। जिनसे आप मिलते हैं, उनसे आप भी और वे भी दोनों प्रभावित होते हैं। अगर आपके रिश्ते-नाते सही लोगों से हैं, तो आप लाभ प्राप्त कर सकते हैं, अपनी मुसीबतों से निपट सकते हैं।

रिश्ते–नाते निम्न प्रकार से मदद करते हैं

- आपकी सोच का स्तर बढ़ाने में
- आपको बदलने में
- आपका तनाव कम करने में
- सफल लोगों से रिश्ते बढ़ाने में
- आर्थिक तंगी सुधारने में

- सामाजिक रिश्ते बढ़ाने में
- हिम्मत बढ़ाने में
- अनुभवों (एक्सप्रियेंस) का दायरा बढ़ाने में
- प्रसन्नता और आमदनी बढ़ाने में

रिश्ते जीवन के प्रत्येक क्षेत्र को प्रभावित करते हैं, आप अपने से, परिवार से, दोस्तों से, साथियों से, समाज एवं भगवान तक से जुड़े हुए हैं।

रिश्तों ने मेरी उन्नति को भी बहुत प्रभावित किया है। मैं एक गांव में पैदा हुआ। वहां सीनियर प्राइमरी स्कूल भी नहीं था। मेरे पिता एक छोटे किसान एवं व्यापारी थे, यानी मेरी हालत बड़ी सफलता दिलाने में सहायक नहीं थीं। इसके बावजूद मैंने अपने उन दोस्तों के कारण सफलता प्राप्त की, जिन्हें मैंने चुना।

इस पुस्तक की रचना भी एक मित्र की प्रेरणा और सहायता का ही नतीजा है। जिन दिनों मैंने लिखना शुरू किया, उन दिनों अंग्रेज़ी में दस ग़लतियां प्रति पृष्ठ करता था। 'माइंड पावर रिसर्च इंस्टिट्यूट' के राज बाफना ने मेरी मदद की, यानी यह भी आपसी रिश्तों की देन से ही सम्भव हुआ।

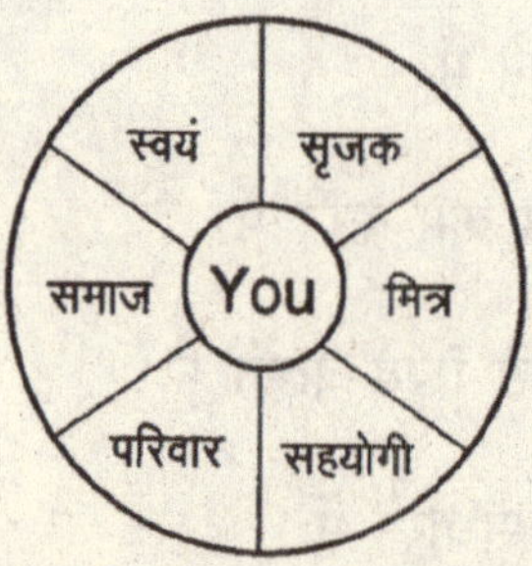

सही रिश्ते कैसे बनाएं व दोस्त कैसे चुनें?

आप अपने माता-पिता एवं परिवार के अन्य रिश्तेदारों को नहीं चुन सकते, लेकिन दोस्त आप चुन सकते हैं। इसलिए दोस्त बनाते वक़्त ध्यान रखें –

आपके सही लोगों से रिश्ते होने चाहिए, इसके लिए आपको अपने मन का दरवाज़ा खुला रखना चाहिए। शुरू में आपकी पढ़ाई, काम एवं घर के क्षेत्र के हिसाब से औपचारिक (फॉरमल) रिश्ते बनते हैं।

इसे जारी रखने के लिए नए साल के बधाई सन्देश एवं दीपावली की शुभकामनाएं भेजें। अपने से बड़ों से प्यार से मिलें। जब कभी राह चलते मिलें, तो उन्हें नमस्कार करें। नमस्कार करने में नर्मी व मुस्कराहट होनी चाहिए। इससे लगता है कि मैं अच्छा हूं एवं आपके लिए भी यही दुआ करता हूं। शुभकामनाओं का आपसी रिश्तों में बड़ा महत्त्व है।

अगर आपके औपचारिक रिश्ते हैं, तो आप उन्हें बढाएं, वक़्त आने पर वे आपके काम आ सकते हैं।

हम कई लोगों के साथ काम करते हैं या पढ़ाई करते हैं, परन्तु उनमें से कुछ के ही लक्ष्य, पृष्ठभूमि (बैकग्रांउड) एवं नैतिक मूल्य (मॉरल वैल्यू) हमारे जैसे होते हैं। ऐसे लोगों से रिश्ते बढ़ाने चाहिए, क्योंकि समान लक्ष्य होने से बातचीत एवं विचारों का लेन-देन होता है।

एक ही लक्ष्य होने से समस्याएं भी समान होती हैं। इससे मित्रता गहरी होती है।

यहां आपको बहुत सावधान रहने की ज़रूरत है। आपको उन्हीं लोगों से मिलना चाहिए, जो आपको व आपकी समस्याओं को समझते हैं। आपको उनकी सच्चाई को परखना चाहिए कि वे विश्वास के योग्य हैं या नहीं। अगर आप उन पर भरोसा कर सकते हैं, तो बेहतर है कि दोस्ती बढ़ाएं।

दोस्ती हमेशा बराबरी वालों में होती है। महाभारत के कृष्ण और सुदामा के बीच जैसी मैत्री कम ही मिलती है, वरना यहां तो अर्जुन ही कृष्ण के मित्र बन सकते हैं।

दोस्ती में विश्वास और गहराई अपने आप आती है। यह परस्पर विश्वास से पैदा होती है। पक्के दोस्त एक-दूसरे के लिए जीते हैं।

जिनके साथ आप समय गुज़ारते हैं, वे आपको प्रभावित करते हैं।

नकारात्मक लोग आपमें नकारात्मकता बढ़ाते हैं।

आशावादी लोग आपमें सकारात्मक बढ़ाते हैं।

साहसी लोग आपमें साहस भरते हैं।

सफल लोग आपको सफलता की ओर ले जाते हैं।

अगर किसी की बुराइयां आपको पसन्द नहीं हैं, तो उनसे बचें।

अपनी बुराई को अपने से पहले ही मर जाने दो।

– फ्रेंकलिन

युवक–युवतियों के बीच दोस्ती

स्त्री-पुरुष के बीच मित्रता का चलन अब हमारे यहां भी बढ़ रहा है। यह न अच्छी, न बुरी, बल्कि एक आम बात है।

आपको किसी के स्त्री या पुरुष होने पर अधिक ध्यान नहीं देना है। यदि आपके लक्ष्य, मूल्यों (वेल्यू) के प्रति नज़रिये एवं पृष्ठभूमि (बेकग्राउंड) समान है, तो आपको एक-दूसरे से मित्रता करनी चाहिए।

बस इसमें थोड़ी सावधानी बरतनी चाहिए। आज के सामाजिक हालात में ऐसी दोस्ती में परस्पर दूरी बनाए रखें अन्यथा आप लक्ष्य से भटक सकते हैं। अगर आप भावना में बहें, तो आपका समय एवं एनर्जी बेकार जाएगी। इसके साथ ही अन्य सामाजिक एवं पारिवारिक समस्याएं भी खड़ी हो सकती हैं। इसलिए ख़ास दूरी बनाए रखें, जिससे आपकी मित्रता बनी रहे। इससे आपके जीवन में कोई रुकावट एवं तनाव नहीं आएंगे।

सम्बन्ध बढ़ाने की 6 प्रैक्टिकल तकनीक

1. ईमानदारी एवं गम्भीरता से प्रशंसा करें

प्रत्येक व्यक्ति में कुछ ख़ास गुण होते हैं। उन्हें पहचानें और बिना किसी हिचक के उनकी प्रशंसा करें। प्रशंसा एक चिकनाहट है, जो रिश्तों को मधुर बनाती है।

व्यक्तियों की छोटी-छोटी अच्छाइयों को नोट करें और उनकी

प्रशंसा करें। उसे बातचीत में बार-बार दोहराना चाहिए। अगर आप दूसरों में अच्छाई खोजते हैं, तो उन्हें सीख भी सकते हैं।

दूसरे व्यक्ति में दिलचस्पी लें। उनकी प्रशंसा करें। अगर आप शहद इकट्ठा करना चाहते हैं, तो छत्ते पर पत्थर न मारें। कई बार पीठ थपथपाना भी अच्छा लगता है। दूसरे व्यक्तियों की भावनाओं की क़द्र करें।

दूसरे व्यक्ति को महसूस कराएं कि ईमानदारी से वह वास्तव में ख़ास है।

2. आलोचना एवं शिकायत न करें, न ही सलाह दें

आलोचना किसी को भी नहीं सुहाती, इसलिए इससे बचें। कोई सम्पूर्ण नहीं हो सकता, हम सभी में कमज़ोरियां भी हैं। ग़लती करना व्यक्ति की आदत है। इसलिए दूसरों के नज़रिये को भी ध्यान में रखें। व्यक्तियों की ग़लतियों की इशारों-इशारों में याद दिलाएं। अगर याद दिलाना ज़रूरी नहीं हो, तो उन्हें भूल जाएं, फिर भी याद दिलाना ज़रूरी हो, तो पहले अपनी भूलों की बात करें, फिर दूसरों की भूलों की बात करें।

बिना मांगे किसी को सलाह कभी न दें, अगर फिर भी सलाह दें, तो बहुत सावधानी से दें।

3. मित्रता से शुरू करें

दूसरों को समझाना टेढ़ी खीर है। हम सब अभ्यासों और आदतों में जीते हैं। हम अपनी नज़र से ही दूसरों को समझते हैं। हमेशा सहयोगी एवं उत्साही बने रहें।

जीवन में ख़ास बात यही है कि आप दूसरों के लिए क्या करते हैं। दूसरे लोगों के बारे में सही सोचें।

मित्रता करने में अपनी तरह से परिचय दें। प्रत्येक सप्ताह नए मित्र बनाएं। प्रत्येक अवसर पर अपना परिचय दूसरों को दें।

लोग अपनी तरफ़ ध्यान चाहते हैं, इसलिए उन्हें मौक़ा दें, ताकि वे ख़ुद को व्यक्त कर सकें। दूसरों में रुचि रखें और उन्हें ध्यानपूर्वक सुनें।

4. नाम से पुकारें

प्रत्येक व्यक्ति इतनी बड़ी दुनिया में एक शब्द से प्यार करता है, वह है उसका नाम। इसलिए नाम याद रखें। यह उसे विश्वास दिलाता है कि आप उसमें दिलचस्पी रखते हैं। पहली मुलाक़ात में अगर आप उसका नाम साफ़ नहीं सुन पाते, तो दोबारा पूछिए। बातचीत में तीन-चार बार उसके नाम का इस्तेमाल कीजिए।

5. तीन असरदार शब्दों का इस्तेमाल करें

'धन्यवाद', 'माफ़ करना' और 'कृपया' ये तीनों असरदार शब्द हैं। इसलिए इनका इस्तेमाल खुलकर बार-बार करें।

इन शब्दों का इस्तेमाल मशीन की तरह न करें। ये आपके दिल से निकलने चाहिए। जो आपके नज़रिये को दर्शाते हैं। 'धन्यवाद' शब्द का इस्तेमाल आपके द्वारा दूसरों को महत्त्व देने की भावना दिखाता है। अपनी भूलों की मंज़ूरी 'माफ़ करना' शब्द दिखाता है। 'कृपया' शब्द आपकी नर्मी एवं तमीज़ को दर्शाता है। यह दिखाता है कि आप दूसरों की कितनी इज़्ज़त करते हैं।

6. स्वार्थी न बनें

कुछ प्राप्त करने की आशा में कभी भी रिश्ते न बनाएं। ऐसे रिश्ते एकतरफ़ा होते हैं। ये स्थायी नहीं होते। रिश्तों को बनाते वक़्त ध्यान रखें कि वे कुछ पाने के लिए नहीं, देने के लिए बनाए जाते हैं।

आपसी रिश्ते लेन-देन पर आधारित नहीं होते। आपको सिर्फ़ देने पर ध्यान रखना चाहिए। सम्बन्धों से कुछ पाने की इच्छा सही नहीं है।

रिश्तों को गहरा बनाने के लिए आपको कम-से-कम एक महीने तक इन उपायों का इस्तेमाल करना चाहिए। इनको आपकी आदत का हिस्सा बनने में तीन महीने लग सकते हैं। बहुत सावधानी और ध्यान से इनको व्यवहार में लाएं। इसके लिए आप सप्ताह में एक बार इस पाठ को पढ़ें। अपने मित्रों एवं सहयोगियों से इनके बारे में बात करें, जिससे इन तकनीकों में दिलचस्पी एवं विश्वास बढ़ेगा।

आपने क्या सीखा?

1. रिश्ते-नाते किस प्रकार से मदद करते है?

2. सही रिश्ते और दोस्त कैसे बनाएं।

3. रिश्ते मज़बूत करने के असरदार शब्द कौन से हैं?

4. रिश्तों की जीवन में क्या भूमिका है?

5. रिश्तों पर खुलकर अपनी बात कहें?

सातवां खंड

ख़ुद को जांचें-परखें

ख़ुद को तौलने पर ही सफलता के फल मीठे, रस-भरे एवं ज़ायकेदार बनते हैं।

इस पुस्तक का अध्ययन तब तक पूरा नहीं होगा, जब तक आपके मन में उठते प्रश्नों का समाधान नहीं हो जाता।

अपने को परखे बिना सफलता की यात्रा मुश्किल है, इसलिए ख़ुद को प्रश्नों की तराज़ू में तोलें।

19

आमतौर पर पूछे जाने वाले प्रश्न

उन्नति चाहने वाला व्यक्ति नींद, ऊंघ, डर, गुस्सा, आलस और भारी मोह को छोड़ देता है।

– हितोपदेश

वही उन्नति कर सकता है, जो स्वयं को उपदेश देता है।

– स्वामी रामतीर्थ

हृदय की विशालता ही उन्नति की नींव है।।

– जवाहरलाल नेहरू

भाग्य सम्बन्धी प्रश्न

भाग्य का सफलता प्राप्ति में क्या योगदान है?

आमतौर पर सफलता के लिए 10-20 कारण ज़िम्मेदार होते हैं। इनमें से कुछ हमें ज्ञात होते हैं, कुछ अज्ञात, जो हमारे बस में नहीं होते। तभी तो सफलता प्राप्ति कभी तय नहीं होती। इस तय नहीं होने का दूसरा नाम भाग्य है।

सफलता कभी भी अचानक नहीं मिलती। यह लक्ष्य के निर्धारण, शक्ति की प्रेरक धारणाओं एवं कड़ी मेहनत पर निर्भर है। कार्य और कारण के तरीक़े को अपनाइए। भाग्य की बातें छोड़िए और अपने लक्ष्य की दिशा में काम करते जाइए, सफलता अवश्य मिलेगी।

भाग्य को कैसे बदलें?

भाग्य को बदलने का अर्थ तय नहीं होने को कम करना है। पूरे मन से सफलता प्राप्ति के सभी उपायों का इस्तेमाल करें, इससे आपकी सफलता के अवसर बढ़ेंगे।

सफलता के सम्बन्ध में

सफलता क्या है?

सफलता के बहुत अर्थ हैं। इसके अर्थ व्यक्तिगत एवं तुलना करने वाले हैं। कुछ ख़ास लक्ष्य पाने का तय कर उस दिशा में, उसके

जैसी कोशिश कर प्राप्त करना सफलता है। फिर भी मोटे तौर पर सफलता का अर्थ धन की प्राप्ति या शक्ति की प्राप्ति है। मेरी समझ से सन्तुलित (बैलेंस) जीवन जीने के लिए सात क्षेत्रों में सफलता प्राप्त की जानी चाहिए, कैरियर, फ़ाइनेंस, पारिवारिक, व्यक्तिगत, दिमाग़ी, भौतिक (फिज़िकल) एवं आध्यात्मिक।

सफलता का मुख्य कारण क्या है?

सफलता प्राप्ति के लिए किसी एक कारण को मुख्य बताना बहुत कठिन है, फिर भी मैं सोचता हूं कि ख़ासकर एकाग्रता सफलता के लिए ज़रूरी है। एकाग्र होकर कोशिश करने से दूसरी चीज़ें ख़ुद मिल जाती हैं। जैसा कि हमने पढ़ा है कि पांच हज़ार साल पहले भी द्रोणाचार्य ने एकाग्रता की परीक्षा ली थी, जिसमें अर्जुन चिड़िया की आंख भेदकर जीत जाता था।

सफलता का रहस्य क्या है?

सफलता का कोई रहस्य नहीं होता। सफलता प्राप्ति के अवसरों को बढ़ाना ही सफलता का रहस्य है। इसे प्राप्त करने के सारे प्रैक्टिकल तरीक़े ही सफलता के रहस्य हैं। अगर आप इनको अपनाएंगे, तो सफलता प्राप्ति के आपके अवसर बढ़ेंगे।

आपके पास मौजूद सुविधाओं का सफलता में क्या योगदान है?

सुविधा जीवंत नहीं होती। यह इस्तेमाल करने वाले पर निर्भर है। व्यक्ति चाहे तो इसे वरदान या अभिशाप, दोनों बना सकता है। ढलान पर लुढ़कना या फिसलना सरल है। सुविधाओं के बारे में यही सही

है। घाटी में ऊंचाई पर चढ़ना एक चुनौती है। बहुत-से व्यक्ति ख़राब हालात में भी उन्नति करते हैं। दूसरी तरफ़ बहुत-से व्यक्ति सुविधाओं में भी उन्नति नहीं कर पाते हैं।

किसी से भी बदला कैसे लेना चाहिए?

किसी से बदला लेने का सबसे अच्छा ढंग है, अपनी सफलता के ग्राफ़ को बढ़ाना। चुनौतियों, झगड़ों, तानों, समस्याओं एवं कठिनाइयों का एकमात्र सकारात्मक जवाब, जिससे हमें फ़ायदा होता है, वह है, अपने जीवन के सभी क्षेत्रों में सफलता प्राप्त करना। झगड़ों, तानों या समस्याओं के बदले वैसा ही नकारात्मक व्यवहार करना असफल व्यक्ति का रास्ता है।

भावनाओं (इमोशन्स) के बारे में

सफलता पाने के लिए भावनाओं का इस्तेमाल कैसे करें?

भावना का अर्थ तेज़ी से कुछ महसूस करना है। हम दो तरह से कुछ करते हैं, पसन्द करते हैं, तो वह विश्वास या आस्था बन जाता है, नापसन्द करते हैं, तो वह डर बन जाता है। प्यार, तारीफ़, उत्सुकता, उत्तेजना, लचीलापन, सहयोग एवं प्रसन्नता आदि सकारात्मक भावनाएं हैं, जिन्हें बढ़ाने की ज़रूरत है।

डर, चिन्ता, ठेस, ग़ुस्सा, निराशा, अपराध-बोध एवं अकेलापन आदि नकारात्मक भावनाएं हैं। अपने इस्तेमाल के लिए आपको इन्हें बदलना पड़ेगा। अपनी धारणा बनाने के तरीक़े को बदलने से आपकी

करनी भी सहज ही बदल जाएगी। भावनाएं आपके विरोध में नहीं, बल्कि आपके लिए काम करें, इसका हमेशा ध्यान रखें।

डर से मुक़ाबला कैसे करें?

डर की समस्या डर की गहराई पर निर्भर है। आम डर तो ठीक है, इसे लगातार अभ्यास द्वारा जीता जा सकता है। यदि किसी को स्टेज पर बोलने में डर लगता है, तो स्टेज पर बोलकर उसे जीता जा सकता है। अब्राहम लिंकन तक को ऐसा डर था। उन्होंने कहा है कि अगर व्यक्ति डर के प्रति सजग हो, तो शुरू के डर को आत्म-विश्वास में बदला जा सकता है।

अगर डर की मात्रा इतनी हो कि उससे आप कमज़ोर बन रहे हों या आपकी गति धीमी होती हो, तो आपको दिमाग़ के डॉक्टर से सलाह लेनी चाहिए।

पुस्तक सम्बन्धी

- **मैं आपकी पुस्तक में दिए गए सभी सिद्धान्त व तकनीकें जानता हूं, फिर भी मुझे सफलता नहीं मिल रही है, मैं क्या करूं?**

– मात्र सफलता की प्राप्ति के तरीक़ो व प्रैक्टिकल तकनीकों के ज्ञान से काम नहीं चलता। उन पर अमल की ज़रूरत है। यह महत्त्वपूर्ण नहीं है कि आप क्या खाते हैं, बल्कि ख़ास यह है कि आप क्या पचाते हैं। यहां 'पचाने' का अर्थ इन तकनीकों को जीवन

में उतारने से है। यही ख़ास है। सफलता एक पॉज़िटिव शब्द है। हो सकता है कि आपने अपने सपनों के मुकाबले में कम मात्रा में सफलता प्राप्त की हो। हालात एवं समय के अनुसार अपने लक्ष्य बदलें और आगे बढ़ें।

- **मैं महान व्यक्ति बनना चाहता हूं। मैं भारी सफलता प्राप्त करना चाहता हूं। यह पुस्तक मेरी क्या व कैसे सहायता कर सकती है?**

– यह पुस्तक आपको रास्ते दिखाती है, अगर आप इस पर चलेंगे, तो ख़ुद-ब-ख़ुद सफलता के रास्ते पर आगे बढ़ते जाएंगे।

- **दृढ़ इच्छा-शक्ति (विल पॉवर) एवं आत्म-विश्वास में क्या अन्तर है?**

– अपनी योग्यता पर भरोसा करना आत्म-विश्वास है कि मैं अपना लक्ष्य प्राप्त कर सकता हूं। अपना लक्ष्य प्राप्त करने में बार-बार मुश्किलें आने पर भी अपनी इच्छा-शक्ति को बनाए रखना कि मैं इसे अवश्य पाऊंगा, दृढ़ इच्छा-शक्ति है।

- **इस पुस्तक में दिए गए सफलता प्राप्ति की प्रैक्टिकल तकनीकों के अलावा भी कोई तरीक़ा है क्या?**

– मैंने अपनी पूरी योग्यता से पुस्तक लिखी है। मोटे तौर पर इन तरीक़ों के अलावा कोई बात नहीं होनी चाहिए। महान व्यक्ति हालात व प्रसंगों से बनते हैं। जैसा कि अंग्रेज़ों के शासन एवं उनके अत्याचारों से गांधी जी बने। महानता प्रसंगों पर आधारित

होती है। महानता की जड़ में कभी-कभी नकारात्मक हालात भी होती है। रंगभेद की नीति ने नेल्सन मंडेला को महान बनाया।

- 'लक्ष्य तय करना' के पाठ में आपने बताया है कि लक्ष्य नहीं प्राप्त कर सको, तो बदल दो?

– पक्के इरादे का अर्थ यह बिल्कुल नहीं है कि दीवार से सिर टकराते जाओ और सिर ही फूट जाए। बदली हुई हालात के साथ अपना लक्ष्य बदलना समझदारी है।

- समस्या का सामना कैसे करें?

– व्यक्ति का नकारात्मक नज़रिया समस्या को जन्म देता है। इसलिए प्रत्येक समस्या को चुनौती मानें। इससे आपको उत्साह एवं एनर्जी मिलेगी। वास्तव में समस्या को चुनौती या अवसर के रूप में देखने पर सफलता की शक्तियां ख़ुद-ब-ख़ुद आपका साथ देती हैं। शिकायतें करते रहने से समस्या बढ़ती है। अपने घावों को मत कुरेदिए।

- मेरी स्थिति अलग है। मैं जीने के लिए लड़ रहा हूं और आप महान बनने का पाठ पढ़ा रहे हैं। यह एक तरह से उपदेश झाड़ना है। इन्हें जीवन में उतारा नहीं जा सकता। आप सपने बेच रहे हैं। क्या आप हमारी कमज़ोरियों को भुना रहे हैं?

– मैं इस पुस्तक में उपदेश नहीं दे रहा हूं। मैं केवल अपने अनुभव और ज्ञान को आपके साथ बांट रहा हूं। अगर आप उनमें से कोई

तरीक़ा अपनाते हैं, तो आप अपने उद्देश्य की तरफ़ बढ़ते हैं और सफलता पाते हैं। मैं पूरे विश्वास और मज़बूती के साथ मानता हूं कि जो कोई इन तरीकों को अपनाएगा, वह तयशुदा रूप से सफल होगा।

- क्या आपकी तकनीकें तर्क से पूर्ण एवं परिणाम देने वाली है ?

– कोई भी तकनीक पसन्द करें व एक बार इस्तेमाल में लें। अगर आपको अच्छी लगे, तो सप्ताह-भर इस्तेमाल करें। ज़्यादा अच्छी लगे, तो इक्कीस दिन तक इस्तेमाल में लाएं। इस्तेमाल करके इनकी जांच करें।

- एक बेरोज़गार युवक को आपकी पुस्तक कैसे मदद कर सकती है?

– पुस्तक किसी व्यक्ति का जीवन नहीं बदल सकती। आप ही अपना भाग्य बदल सकते हैं। बेरोज़गार युवक यदि अपनी स्थिति को पहचानकर उसके अनुसार अपना लक्ष्य बनाए, तो अपने सपने साकार कर सकता है। सफलता प्राप्ति के तौर-तरीक़े आपकी सहायता कर सकते हैं, आपको दिशा बता दे सकते हैं और आपको रास्ता दिखा सकते हैं।

- एक गृहिणी को आपकी पुस्तक कैसे मदद कर सकती है?

– कामकाजी महिला और गृहिणी में कोई बुनियादी अन्तर नहीं होता।

कोई भी व्यक्ति इसका इस्तेमाल कर सकता है। तरीक़े जीवन के प्रत्येक क्षेत्र में आगे बढ़ने का रास्ता दिखाते हैं। हमने पढ़ा है कि आई. क्यू. जन्म से होती है और इसे बढ़ाया नहीं जा सकता। तय रूप से एक हद तक आई. क्यू. जन्म से होती है, लेकिन मॉडर्न रिसर्च बताती हैं कि इसको भौतिक (फ़िज़िकल) तरीक़ों द्वारा बढ़ाया जा सकता है।

- **मैंने आई.ए.एस. बनने का लक्ष्य तय किया था। मैंने आपके सभी उपाय अपनाए। स्नातक होने के बाद छह सालों में तीन परीक्षाएं दीं। अब मेरी उम्र परीक्षा देने की नहीं रही और मैं मायूस हो गया हूं। लक्ष्य बनाने से मुझे कुछ नहीं मिला। इसलिए लक्ष्य बनाने से क्या लाभ है?**

– लक्ष्य बनाना सही है। अगर आप अपना लक्ष्य पूरा नहीं कर पाए, तो इसका अर्थ यह नहीं कि तरीक़ा गलत है। प्रतियोगी परीक्षाएं एक दौड़ की तरह हैं, जिसमें प्रत्येक दौड़ने वाला नहीं जीत सकता। अगर आप लक्ष्य बनाने की आदत रखते हैं, तो तय रूप से उस व्यक्ति के मुकाबले में आप अधिक सफल होंगे। यह एक सीधी सी तकनीक है।

अपना लक्ष्य हालात एवं समय के अनुसार बदलें। अगर आप आई.ए.एस. नहीं बन सके, तो किसी और लक्ष्य के लिए कोशिश करें।

- **मैं कभी-कभी कड़ी मेहनत से बचता हूं। मैं अपने काम को टालता हूं। टालमटोल से कैसे बचना चाहिए?**

– मुश्किल और नापसंद काम को टालने की आदत सहज होती है। इससे बचने के लिए अपने कामों की सूची बनाएं और प्राथमिकता के अनुसार उन्हें पूरा करें। इक्कीस दिन तक नियम से करेंगे, तो यह आदत में आ जाएगा।

नैतिकता (मोरेलिटी) के बारे में प्रश्न

• नैतिकता का सामना कैसे करें? नौकरी के चुनाव में आमतौर पर पक्षपात होता है। कभी-कभी व्यवसाय तक में पक्षपात होता है। भ्रष्टाचार, भाई-भतीजावाद, क्षेत्रीयता, जातिवाद का चारों तरफ़ बोलबाला है। ये जीवन में महत्त्वपूर्ण हो गए हैं। ऐसी स्थिति में आपकी तकनीकों का क्या मतलब है?

– जीवन का सच आपको मंजूर करना चाहिए। आपका लक्ष्य यदि समाज सुधारक या नेता बनने का नहीं है, तो इन्हीं में से अपना रास्ता खोजें। आपका रास्ता आपकी नैतिकता की नज़र पर निर्भर है।

नैतिक बनो! नैतिकता को हमेशा अपने से ऊपर रखें! इसी से ऊंचे चरित्र की पहचान बनती है और सम्मान मिलता है

ध्यान (मेडिटेशन) के बारे में प्रश्न

- ध्यान क्या है?

– मोटे तौर पर यह एकाग्रता (कंसन्ट्रेशन) है, फिर यह आपके शरीर, विचार, विचार के तरीक़े एवं भावनाओं के प्रति सजगता है। अन्त में ध्यान द्वारा ख़ुद का सम्पूर्ण के साथ एकाकार होना, यानी मिल जाना है।

- क्या ध्यान द्वारा सफलता प्राप्ति में मदद मिलती है?

– हां, ध्यान द्वारा दिमाग़ में अल्फा एवं थीटा वेव बनती हैं, जो आराम पहुंचाती है। इस तरह दिमाग़ की शक्ति एवं क्षमता बढ़ जाती है। नतीजन सफलता के आसार बढ़ते हैं।

20

अपनी कोशिशों को तिरछी नज़र से देखें

सफलता की चाबी ख़ुद को जानने में है। ख़ुद का ज्ञान अपनी उन्नति का पहला क़दम है।

– अज्ञात

असफलताओं से न घबराकर लगातार प्रयत्न करने वाले लोगों की गोद में सफलता ख़ुद आकर बैठ जाती है

– भारवि

सच्चा प्रयत्न कभी विफल नहीं जाता।

– विल्सन

आप इस पुस्तक में दिए गए सभी प्रैक्टिकल तकनीकों को पढ़ चुके हैं। अब आपको अपनी स्थिति की पड़ताल एवं समीक्षा करनी चाहिए कि आप कहां खड़े हैं? वहां से आपको अपने लक्ष्य तक पहुंचने के लिए क्या करना है?

यहां पड़ताल का अर्थ ख़ुद का अध्ययन एवं विस्तार से जांच करना है, ख़ुद की योग्यताओं, महत्त्व, अच्छाइयों एवं बुराइयों का फ़ैसला या गणना कर मूल्यांकन करना है।

इंजीनियरिंग नज़र

इंटेल कारपोरेशन के सी.ई.ओ. रहे एंड्र ग्रोव ने अपनी पुस्तक 'हाई आउटपुट मैनेजमेंट' में इंजीनियरिंग नज़र का बुनियादी अर्थ लिखा है, 'जिस चीज़ को आप नाप सकते हैं, उसको सुधार सकते हैं।'

अपनी उन्नति को बनाए रखने का साधन नापना है।

जब आप अपने प्रयत्नों को नाप नहीं सकते, तो उनको गहरा नहीं कर सकते, न ही उन पर एकाग्र हो सकते हैं। नापना आपको दिलचस्पी वाला बनाता है और आगे बढ़ने की शक्ति देता है। बिना नाप के आप अपने प्रयासों को, अपनी एनर्जी को इस्तेमाल नहीं कर सकते।

हम अपने प्रति अन्धे होते हैं। हम दूसरी ढेर सारी चीज़ें जानते हैं, लेकिन ख़ुद के बारे में कम ही जानते हैं। ख़ुद की पड़ताल और ख़ुद का मूल्यांकन सफलता प्राप्ति के लिए बहुत ज़रूरी है। अपने को जानना अपनी शक्तियों को जानना है। अपने को जानने का मतलब

अपनी योग्यताओं और विशेषताओं को जानना है। अपने को जानना अपनी समस्याओं को जानना है। अपनी अच्छाइयों व बुराइयों को जानना ख़ुद की पड़ताल के लिए ज़रूरी है।

ख़ुद के मूल्यांकन के लिए प्रश्न

पड़ताल एवं मूल्यांकन करने के लिए नीचे कुछ प्रश्न दिए जा रहे हैं। किसी प्रश्न को छोड़िए मत। अपनी सोच के स्तर के अनुसार उसका जवाब ज़रूर दें। अपनी डायरी के एक-एक पृष्ठ पर एक-एक प्रश्न लिखें, फिर उनके उत्तर रोज़ाना लिखते रहें। प्रत्येक प्रश्न पर ईमानदारी एवं भरोसे ध्यान दें। ये आपकी सफलता का रास्ता खोलेंगे।

- क्या मैं बोर होने की शिकायत करता हूं, यदि हां तो उसके कारण क्या हैं?
- मैं कहां पर खड़ा हूं और क्यों? इसके लिए कौन ज़िम्मेदार है?
- अपना लक्ष्य प्राप्त करने के लिए मुझे क्या करना चाहिए?
- मेरी अपनी ख़ासियतें एवं कमज़ोरियां क्या हैं?
- मेरी आदतें कौन-सी हैं?
- मैं अपने को ही हराने वाली आदतों को क्यों बर्दाश्त कर रहा हूं?
- मैं अपनी नकारात्मक सोच, नकारात्मक काम एवं नकारात्मक प्रतिक्रियाओं को कैसे मिटा सकता हूं?

- क्या मैं अपने स्वास्थ्य पर ध्यान देता हूं?
- मैं अपना मन बार-बार क्यों बदलता रहता हूं?
- आप 24 घंटों में से कितने घंटे इन कामों को देते हैं –

    1. अपने पेशे (नौकरी/अध्ययन/व्यवसाय) को
    2. नींद को
    3. खेल एवं आराम को
    4. फ़ायदे वाले ज्ञान को प्राप्त करने में
    5. बेकार खोते हैं

- आपको परिचितों में से कौन निम्नलिखित मदद करता है –

    1. उत्साहित
    2. सावधान
    3. हतोत्साहित

- मैं अपने परिवार, मित्रों एवं रिश्तदारों से अधिक सहायता प्राप्त करने के लिए क्या करूं?
- जो सफलता प्राप्त है, उससे अधिक प्राप्त करने के लिए क्या करूं?
- मैं अपने आपको कैसे संभालूं?

- मैं अपने काल्पनिक डरों का सामना कैसे करूं? मैं उन्हें टालता हूं, उनसे बचता हूं या उनका सामना करता हूं?
- मैंने अपनी पिछली असफलताओं से क्या सीखा, अधिक कैसे सीखूं और उनसे कैसे लाभ उठाऊं?
- क्या आप यह महसूस करते हैं कि मुख्य लक्ष्य को भूलकर आप अपना समय टीवी देखने, गपशप करने या बेकार की चीज़ें पढ़ने में खो रहे हैं?
- मेरे क्रोध के लिए कौन ज़िम्मेदार है और मैं उसका सामना कैसे कर रहा हूं?
- क्या मैं बुरे हालात में अपने मन की स्थिति को देख पाता हूं? तब उससे मैं बचने का प्रयत्न करता हूं या उसका सामना करता हूं?
- क्या मैं दूसरों को हमेशा मंजूर करता हूं?
- क्या मैं चुनौती एवं समस्या के बीच अन्तर कर सकता हूं और मैं चुनौती को समस्या में और समस्या को चुनौती के रूप में बदलते देख सकता हूं?
- क्या मैं अलग-अलग हालात में किए गए अपने बर्ताव को जानता हूं और क्या मैं बर्ताव से जीवन पर पड़ने वाले प्रभाव को जानता हूं?
- क्या मैं अपने द्वारा किए जाने वाले काम के पीछे प्रेरणा को समझता हूं और उसके प्रभाव जानता हूं?

- मैं हमेशा अपने को सही क्यों ठहराता हूं?
- मैंने ऊपर के प्रश्नों का उत्तर देने में कितना समय लगाया?

कम-से-कम एक दिन इन प्रश्नों की पड़ताल एवं उत्तर में लगाना चाहिए। आपको हर सप्ताह इन प्रश्नों को कई महीनों तक ख़ुद से पूछना चाहिए।

प्रगति की जांच करने की तीन प्रैक्टिकल तकनीक

1. हर पल पड़ताल

जब कभी आप नई जांच करें या आप अपने प्रति सजग हों, तो आपको ख़ुद से निम्नलिखित मास्टर प्रश्न पूछना चाहिए –

क्या यह काम मेरे लक्ष्य की प्राप्ति में सहायक है? या मुझे अपना लक्ष्य प्राप्त करने के लिए इस समय और हालात में क्या सुधार करने हैं?

2. रोज़मर्रा की पड़ताल

रात में सोने से पहले, अपने दिन-भर के कामों की 5 मिनट तक समीक्षा कीजिए –

- क्या यह काम मेरे लक्ष्य के अनुरूप है?
- मेरे कौन-से काम गलत या लक्ष्य के ख़िलाफ़ हैं?

यह विश्लेषण आपका आत्म-सम्मान बढ़ाएगा एवं सहायक होगा।

3. मासिक पड़ताल

ख़ुद की प्रगति को नापने के लिए महीने की पहली तारीख़ को निम्न प्रश्न पूछें।

- क्या मैं सही दिशा में बढ़ रहा हूं?
- क्या मेरा लक्ष्य प्राप्ति के योग्य है?
- वर्तमान हालात में अपना लक्ष्य पाने के लिए क्या सुधर करने हैं?

सारांश

सफलता एक समझ है और पुस्तक में दी गई प्रैक्टिकल तकनीकों के पालन का परिणाम है। ख़ास यह नहीं है कि आप सफलता प्राप्ति की कितनी तकनीकें जानते हैं, बल्कि ख़ास है कि आप कितनी तकनीकों का पालन करते हैं, जिनसे सफलता मिलती है?

कई बार बड़ी मुश्किल से सफलता अचानक मिलती है या पिछले दरवाज़े से प्राप्त हो जाती है, परन्तु यह सही सन्तोष देने वाली सफलता नहीं होती।

जिस सफलता को अपनी मेहनत से प्राप्त किया जाता है, वही सन्तोष देती है। सफलता का मूल्य पसीना बहाने में मौजूद है।

आप अपनी सोच के तरीक़े को बदलकर अपना जीवन बदल सकते हैं। आप ही अपनी प्रतिष्ठा, उपलब्धियों (एचीवमेंट्स) एवं असफलताओं के लिए ज़िम्मेदार हैं। आप पूर्णता प्राप्ति (एकम्पलिशमेंट) के लिए जन्मे हैं, सफलता के लिए निर्मित हुए हैं, हमारे भीतर ही महानता का बीज छिपा हुआ है।

आपने क्या सीखा?

1. भाग्य संबंधी प्रश्न कौन से हैं?

2. सफलता के संबंध में अब तक क्या समझे?

3. सफलता के लिए भावनाओं का इस्तेमाल कैसे करेंगे?

4. मैं आपकी पुस्तक को पढ़ गया हूं। अमल भी किया, पर सफलता दूर है, क्या करूं?

5. क्या आपके द्वारा बताई गई सफलता की तरकीबों के अलावा कुछ और भी हैं?

6. ख़ुद के मूल्यांकन (एवोल्यूशन) के लिए कौन से प्रश्न होंगे?

7. अपनी प्रगति या उन्नति के लिए कौन से तरीक़े अपनाएंगे?

पढ़ने योग्य पुस्तकों की सूची

- **APJ Abdul Kalam :** *Wing Fire*
- **Anthony Robbins :** *Awaken the Giant Within Unlimited Power*
- **Dale Carnegie :** *How to Win Friends and Influence People How to Stop Worry and Start Living*
- **Deepak Chopra :** *The Seven Spiritual Laws of Success*
- **J. Krishnamurti :** *The First And Last Freedom*
- **Joseph Murphy :** *The Power Of Your Subconscious Mind*
- **Kenneth Blanchard & Spencer Johnson :** *The One Minute Manager*
- **Napoleon Hill :** *Think and Grow Rich*
- **Norman V. Peale :** *The Power of Positive Thinking*
- **Osho : Meditation :** *The First And Last Freedom.*
- **Raj Baphna :** *Mind Power Study Technique*
- **Stephen R. Covey:** *They 7 Habits of Highly Effective People*
- **Win Wenger :** *How to Increase Your Intelligence*
- **Zig Ziglar :** See You at The Top

म्यूज़िक-फ़िल्म

Audio

Subliminal Music CD's (Mind Power Music)

Available at:
Franklin Interantional
Above Baphna Eye Hospital
Sector 4, Udaipur-313001

Movie

Hindi

Choti Si Baat
Lagaan
Chak De India
Manpasand

English

My Fair Lady, Pursuit of Happiness